ÉLOGE FUNÈBRE

DES GÉNÉRAUX

KLEBER et DESAIX,

PRONONCÉ

LE 1.er VENDÉM. AN 9, À LA PLACE DES VICTOIRES,

Par le C.^{en} GARAT,

Membre du Sénat conservateur, et de l'Institut national.

*De evertendis autem diripiendisque in bibus valdè
considerandum est, ne quid temeré, ne quid
crudeliter : idque viri magni est, rebus agitatis,
punire sontes ; multitudinem conservare ; in omni
fortunâ, recta atque honesta retinere.*
CIC. de Off. *lib. I.*

A PARIS,

DE L'IMPRIMERIE DE LA RÉPUBLIQUE.
Brumaire an IX.

AVERTISSEMENT.

JE dois rendre compte au public, des causes qui ont retardé l'impression de ce discours.

En m'occupant de *Kleber* et de *Desaix*, j'ai trouvé souvent à côté de leurs noms, les noms de plusieurs autres défenseurs de la République morts pour elle. J'ai voulu leur consacrer des notes à la suite de ce discours : ces notes se sont étendues ; il a fallu y renoncer pour en faire des notices séparées.

Ceux qui ne sont pas tout-à-fait étrangers à l'histoire des guerres de la Républ'que, savent, par exemple, combien *Beaupui* et *Marceau* méritent d'honneurs et de reconnaissance.

On trouvera dans ce discours, des faits qui n'étaient pas connus, ou qui l'étaient trop peu et de trop peu de personnes. Tous m'ont été fournis par des témoins.

Savary, ex-législateur, ami de *Kleber*, et qui a fait les premières guerres de la Vendée comme chef d'état-major, m'a fourni les notes sur cette guerre. Elles suffiraient pour donner

A

une idée des talens et du caractère de *Kleber* ; elles suffiraient encore pour justifier l'estime qu'accordent au C.^{en} *Savary* tous ceux qui le connaissent, et qui ne prêtent pas une oreille facile aux calomnies des partis.

Le général *Lefebvre*, mon collègue au Sénat conservateur, m'a donné tous les renseignemens sur les campagnes de *Kleber* dans les armées du Nord, de Sambre-et-Meuse, de Rhin-et-Moselle. On sait combien le général *Lefebvre*, lui-même, a obtenu de succès et de gloire dans ces armées où il a commandé si souvent les avant-gardes. Un pareil témoin doit être instruit des faits ; il peut les apprécier.

Plusieurs aides-de-camp du général *Desaix* m'ont raconté des traits de sa vie : j'ai parlé principalement sur les notes de son aide-de-camp et de son ami *Savary*, qui, depuis le commencement de la guerre, ne s'est séparé de *Desaix* qu'à sa mort.

Ceux qui ont connu *Kleber* et *Desaix*, ceux qui ont servi la République avec eux et sous eux, en parlent tous avec la plus haute et la plus tendre admiration. Je voudrais que ce sentiment dont ils m'ont pénétré, eût passé dans mon discours. Je savais combien *Kleber* et *Desaix* s'étaient fait honneur en servant la liberté et la patrie ; j'ai appris combien ils ont honoré la République elle-même.

En lisant les récits de leurs faits d'armes, on oublie toujours qu'ils n'ont pas joué les premiers rôles.

Dans les camps, dans les batailles, dans les victoires, ils n'ont pas signalé seulement des vertus militaires.

On a dit que toutes les guerres se ressemblent : je crois qu'aucune des guerres connues n'a ressemblé à celles de la République française. Je crois qu'en général les guerres des Républiques diffèrent beaucoup des autres : on y voit beaucoup plus l'homme dans le soldat ; on y voit naître l'héroïsme non-seulement de l'amour de la gloire, mais de l'amour de la patrie. Ces deux différences rendent tout le reste très-différent.

Les guerres de *Charles VIII*, de *Louis XII* et de *François I.er* en Italie, ont été très-brillantes : comparez-les aux campagnes de

A 2

Bonaparte , vous verrez si elles leur ressemblent.

Si nous avions une histoire bien faite des
guerres de la République française , en la
voyant triompher si souvent de ses ennemis,
et si souvent contre toute apparence, on aper-
cevrait bientôt les causes de ses victoires. Ces
causes ne sont pas seulement dans l'art de la
guerre ; et c'est pour cela qu'elles sont si inté-
ressantes et si instructives.

Combien de genres d'intérêt a le Gouvernement actuel de desirer que cette histoire soit
bien faite ! Mais tous ces intérêts, il les verra
et les consultera trop bien pour faire écrire
cette histoire ; il la laissera écrire.

ÉLOGE FUNÈBRE

DES GÉNÉRAUX

KLEBER et DESAIX.

Au moment où tous les éclats, toutes les expressions de la joie d'une République puissante, nous appellent de toutes parts à la fête de sa naissance, organe de deux grandes douleurs publiques, dans cette enceinte décorée par le deuil, par les représentations des tombeaux et de la mort, je dois donc vous entretenir de tout ce que nous coûtent les trophées de l'Italie et de l'Égypte! O *Kleber!* ô *Desaix!* ombres immortelles, les larmes que la République verse sur vos urnes rendront sa fête plus sainte, plus propre à remplir tous les objets de son institution. Parler de vous, c'est montrer les vertus qu'elle inspire, c'est tracer les exemples et les modèles des talens dont elle a besoin. La paix offerte par la victoire et par la modération, est repoussée par le désespoir ou par les nouvelles espérances des vaincus : des rochers de l'Helvétie aux rives du

A 3

Danube et du Mincio, retentit de nouveau le signal des combats, lorsque la terre attendait les proclamations de la paix (1). L'éloge funèbre de *Kleber* et de *Desaix* sera pour nos armées comme l'hymne des batailles; leurs noms, si souvent répétés dans les rangs de nos soldats vainqueurs, y porteront encore leur héroïsme; et mes paroles, dans leur faiblesse même, auront une éloquence, puisqu'elles seront remplies de leurs actions.

Cette enceinte même qui nous réunit, dans le contraste des souvenirs qu'elle réveille et des objets qu'elle présente, donne à la République plus d'un présage des nouveaux succès qu'elle va obtenir. O toi dont la statue, pendant un siècle entier, s'éleva du milieu de cette place, couronnée par la gloire, entourée des images vaincues et enchaînées des nations, je ne t'adresse pas la parole pour insulter ici à ta personne et à ta mémoire si longtemps encensées : du haut d'un trône qui semblait tout abaisser autour de lui, tu élevas ton siècle et la nation; même pour te flatter il fallut avoir du génie. Mais tu sus inspirer de grandes choses, et tu n'en fis pas assez par toi-même : tu ordonnais des victoires; et quand d'autres avaient vaincu, toi seul tu réunissais tous les triomphes : ce n'est qu'au moment où je parle, que, pour la première fois, les restes de *Turenne* ont été présentés aux hommages de la France. Les monumens qui s'élèvent aujourd'hui au milieu de cette enceinte où tu usurpais les grandeurs de ton siècle, sont les récompenses des victoires remportées, de la mort reçue pour la patrie ; et la main qui en pose la première pierre est celle d'un vainqueur véritable, qui ne met pas à genoux devant lui des images, mais renverse les puissances quand elles veulent renverser la République ; qui décerne aux autres les prix de leur gloire, et laisse aux nations le soin, qui n'est pas négligé, de juger la sienne. Liberté, Liberté ! ce sont là les révolutions que tu produis et que tu avoues ! Quand tu dictes les opinions et les lois des peuples, tout ce qui n'est point réel dans les grandeurs s'évanouit ; tout ce que la nature humaine peut recevoir et produire de grandeur réelle, paraît et se multiplie. Sans toi, les ames héroïques de *Kleber* et de *Desaix* auraient été cachées au monde dans une vie et dans une mort obscures ; sans toi, leurs vertus et leurs talens, si on leur eût permis d'en avoir, auraient embelli de leur éclat un autre nom et une autre gloire.

L'éloge des héros d'une République ne doit être que leur histoire : sans doute, tout ce qu'ont fait *Kleber* et *Desaix*, je ne pourrai pas le dire dans les bornes d'un discours ; mais dans ce que j'en dirai, on verra si les hommes qui défendent la liberté honorent la nature humaine ; s'ils doivent être

A 4

l'amour de la terre, et l'effroi de ceux qui veulent en rester les dominateurs et les maîtres.

Kleber et *Desaix*, destinés, avec des caractères qui se ressemblaient peu, à être rapprochés si souvent par les circonstances de leur vie et de leur mort, ne font éclater ni l'un ni l'autre, aux premiers jours de la liberté, ces passions révolutionnaires qu'à cette époque il fallait avoir ou affecter. L'un venait de quitter le service militaire de la maison d'Autriche; l'autre venait d'entrer dans un des régimens de *Louis XVI.* Sans opinion arrêtée tous les deux sur les différens systèmes d'ordre social ; incapables tous les deux d'embrasser le nouveau système par l'ambition d'y jouer un rôle ; mais nés tous les deux avec des ames simples et fières, quand ils entendent la nation dire, JE VEUX BRISER MES FERS, et quelques hommes lui répondre, TU LES GARDERAS, ils s'indignent avec cette nation, et un mouvement indélibéré de leur ame les lie à la cause la plus juste.

A Béfort, où se trouve *Kleber,* qui n'est en ce moment qu'un architecte, ce n'est pas le peuple qui s'insurge, c'est le régiment Royal-Louis qui, se soulevant contre le peuple, marche en armes contre des officiers municipaux défendus par leurs seules écharpes. Du milieu de la foule dispersée, *Kleber,* le sabre à la main, s'élance; il couvre de son corps élevé et puissant, les magistrats menacés; repousse des soldats étonnés de voir tant de courage où ils ne voient pas un uniforme ; et avec cet accent de la morale nationale qui prenait alors tant de dignité dans sa pureté, présente un défi personnel aux deux colonels du régiment en révolte. Cet élan subit où se manifeste déjà tout son caractère et tout son courage, le porte, comme simple grenadier, dans le troisième bataillon du Haut-Rhin ; l'élève rapidement, mais par tous les grades successifs, à celui d'adjudant général : et dans la même campagne, c'est à lui qu'est confiée la défense du camp retranché de Mayence ; c'est lui qui, au siége de cette place, commande et exécute ces sorties de BIBERACH et de MARIEN-HORN qui eurent alors tout l'éclat des victoires; c'est lui qui est indiqué aux armées et à la République, comme une de leurs plus belles espérances, par ce jeune général, par ce *Meunier* qui avait porté à la guerre le génie des *d'Alembert* et des *Euler*, et qu'un coup de canon enleva à la fleur de son âge et au milieu des nouvelles applications d'une géométrie sublime à l'art des combats et des héros.

C'est d'une circonstance imprévue et presque du hasard que naît, également, la première action dans laquelle l'ame de *Desaix* peut sentir toute sa force et la faire connaître aux autres. La guerre est préparée, mais elle ne se fait pas encore : les armées

sont en présence, elles se regardent. *Desaix*, simple
aide-de-camp, revenait d'une de ces promenades
solitaires qu'il faisait loin des murs de Landau,
contemplant la nature entière, et observant avec
un goût particulier celui de ses règnes qui a toujours eu le plus d'attraits pour les ames douces
et paisibles. Tout-à-coup il voit la campagne et
ses végétaux couverts de tourbillons de poussière;
il entend des cris et des bruits d'armes; il court
aux lieux d'où ils partent. C'était un choc, c'était
un combat entre une forte reconnaissance française
et trois escadrons autrichiens. Sans armes, n'ayant
qu'une CRAVACHE (2) à la main, *Desaix* se jette
au milieu de la mêlée : il est renversé et fait prisonnier : on le dégage; il recommence à combattre,
et rentre dans Landau avec la reconnaissance
victorieuse, et un prisonnier qu'il a fait lui-
même.

Jusqu'à ce moment, dans la maison paternelle,
dans les maisons d'éducation, dans les garnisons,
par-tout où avait été connu *Desaix*, on lui avait
donné le surnom de *Sage ;* depuis ce moment on
l'appelle encore à l'armée le *Brave ;* et ces deux
noms, qu'il méritera toujours également, l'accom-
pagneront le reste de sa vie.

Dès ce moment, en effet, par-tout où il y a un
succès à obtenir ou un revers à réparer; aux lignes
de Weissembourg, après qu'elles furent forcées; à

l'affaire de Lauterbourg; dans plusieurs combats sous les murs de Strasbourg même ; par - tout *Desaix* donne aux chefs des vues qui les éclairent, aux soldats l'exemple de ce courage qui ne brave pas seulement les dangers, mais les desire, les appelle et jouit de leur présence. A Lauterbourg, où une balle lui a percé les deux joues, il s'arrache à ceux qui veulent l'arracher du champ de bataille : son geste commande plus éloquemment après qu'il a perdu la voix ; il n'exprime d'autre douleur que celle de voir nos bataillons en désordre, et ne consent à se faire panser qu'après les avoir ralliés. Devant Strasbourg, attaquées par des ennemis très-supérieurs en nombre, ses troupes plient et se retirent. Il se jette au-devant d'elles. — *Général, n'avez-vous pas ordonné la retraite !* — *Oui,* s'écrie Desaix, *mais c'est celle de l'ennemi.* — A ce cri d'une ame si fière, et qui ménageait avec tant de délicatesse la fierté des soldats, les soldats de *Desaix,* comme dans une manœuvre d'exercice, se retournent, fondent sur un ennemi qui se croit vainqueur, et ne lui laissent pas même la ressource de la fuite.

C'est au bruit de ces actions éclatantes, que *Desaix*, admiré dans l'armée et accusé auprès du comité de salut public, marche long-temps entre les récompenses qui l'avancent en grade, et des destitutions qui le menacent de la fin des traîtres.

Quand la gloire naissante est accompagnée d'un orgueil injurieux qui irrite les ambitions et les rivalités humiliées, on peut concevoir ces injustices de l'envie, qu'on est tenté de plaindre, tant elle est malheureuse avant d'être coupable : comment les comprendre lorsqu'elles poursuivent un jeune guerrier qui dispute toujours les premiers rangs dans les périls, mais jamais dans l'armée ; toujours occupé à élever son talent et ses vertus, et oubliant toujours qu'il est une autre élévation ; dont la modestie est si réelle, qu'on le voit rougir et presque gémir lorsque la Renommée prononce son nom, comme si elle voulait lui reprocher de n'avoir pas égalé ces modèles de tous les siècles que nuit et jour il contemple !

J'expliquerai ce triste phénomène ; je m'arrêterai sur quelques souvenirs qui peindront à la fois et le caractère de *Desaix*, et celui, non d'une révolution dont les principes sont les titres du genre humain, dont les résultats en seront un jour le perfectionnement, mais celui de quelques hommes et de quelques passions qui ont failli faire prononcer à la terre entière, sur la liberté, le blasphème que *Brutus* a prononcé sur la vertu.

Pour l'ame de *Desaix*, qui, dans le tumulte même des camps et au milieu des scènes de carnage, nourrissait les plus douces affections de l'humanité, la guerre n'était point, comme on l'a souvent définie, une suite de jeux sanglans; c'était un art profond dont les opérations douloureuses doivent garantir ou guérir les nations des maladies mortelles de la tyrannie, des invasions, de toutes ces iniquités de la force qui imposent au genre humain les respects et les soumissions qu'il ne doit qu'aux droits et à la justice. *Desaix* étudiait donc la guerre comme une science, et il l'aimait comme la seule ressource de la terre contre tout ce qui l'opprime. Lorsqu'il ne chargeait pas à la tête des colonnes, il se retirait dans sa tente, où il méditait au milieu de ses cartes et de ses livres; et ceux qui avaient d'autres habitudes, ceux qui n'exerçaient leur esprit que dans la chaleur des discussions et des motions politiques, se croyaient condamnés par cette vie silencieuse et studieuse de *Desaix* : ils ne pouvaient croire à un patriotisme qui ne perdait pas avec eux le temps et la discipline. Durant ces mêmes jours, la mère de *Desaix*, à laquelle on aurait bien pu pardonner ses ancêtres en faveur de son fils, expiait sa naissance dans les prisons; et *Desaix*, qui ne pensait pas qu'on dût abjurer les sentimens de la nature pour avoir les vertus d'un citoyen, réclamait instamment sa mère. Enfin, *Desaix* avait commencé à servir la liberté dans les états-majors de *Victor Broglie* et de *Custine;* et cette ame tendre et forte, dont l'estime n'abandonnait pas aux pieds des échafauds les innocens et leur mémoire, donnait des témoignages et des larmes à ses amis devant leurs accusateurs et leurs assassins. Tels étaient les crimes de *Desaix.* Il fallut pourtant les lui pardonner : les destitutions de *Desaix* arrivaient toujours au milieu des acclamations des soldats qui célébraient quelques-uns de ses nouveaux faits d'armes : on n'osa pas être imprudent lorsqu'on osait être injuste ; et l'amour des soldats, qui est toujours un enthousiasme, conserva à la République un général qui donnait pour preuves de son patriotisme, non ses discours, mais ses vertus et des victoires.

A ces mêmes époques, *Kleber*, qui avait déjà un nom militaire, et qui n'avait pas encore un grade supérieur, était employé à une guerre où les destitutions et les échafauds, les fureurs du fanatisme royal et les fureurs du fanatisme de la liberté, l'environnaient de dangers qu'on n'apprend pas à braver et à vaincre dans les batailles et dans les victoires. Il avait été envoyé dans la Vendée à la tête de l'une des colonnes de la brave garnison de Mayence.

A ce nom de Vendée, combien je réveille dans vos ames de souvenirs que je voudrais étouffer, et qui, gravés déjà dans les pages de l'histoire, iront troubler de leurs horreurs les générations épouvantées !

Enveloppée de flammes dans toute la circonfé-
rence de ses frontières, la République a vu s'al-
lumer un incendie plus dévorant dans son sein
même et près de tous ses principes de vie : c'est la
conception la plus effrayante du démon expi....t
du despotisme contre le génie naissant de la liberté.
Parmi nos cent départemens, le despotisme, qui
essaie et promène ses complots dans tous, en a
distingué un qui, s'ouvrant par ses côtes et par
ses rochers à l'Océan et à l'Angleterre, est à la
fois à peu de distance et de Londres et de Paris;
où le terrain, par-tout creusé de ravins profonds
et par-tout hérissé de hautes bruyères, ne permet
aucun développement à l'art de la guerre, et présente par-tout aux meurtres des facilités, aux
assassins des retraites; dont les infortunés habitans,
ne parlant et ne comprenant qu'un idiome sauvage
comme les premières hordes britanniques dont il
était la langue, au milieu des lumières du dix-
huitième siècle, restent en proie à toutes les superstitions des forêts, à toutes les inspirations du
fanatisme. Quel théâtre pour renouveler tous ces
prestiges si puissans, tous ces miracles menson-
gers des siècles d'ignorance, qui ont disputé et
enlevé si souvent la terre aux forces dirigées
par les lumières ! A la voix du despotisme, là
se rendent et accourent tous les hommes que
l'enthousiasme ou l'artifice des erreurs a armés de

cette éloquence des passions qui soulève à son gré
ces flots de la multitude toujours insensible et im-
mobile devant l'éloquence de la raison. Par-tout
où ces prêtres passent, par-tout où ils parlent, des
peuplades entières, hommes, femmes, enfans,
comme aux temps des croisades, accompagnent,
recrutent et embrasent de leurs exhortations les bataillons rassemblés sous le drapeau des rois. Parmi
tant de prédicateurs du mensonge, dont plusieurs
sont sincères et pieux, règne au-dessus de tous,
sous le nom d'*ÉVÊQUE D'AGRA*, un imposteur qui
se promène au milieu des bandes royales et marche
à leur tête comme l'envoyé et l'agent du ciel
même : il ordonne aux foudres républicaines de
s'écarter de lui, et toutes celles qui ne le punissent
point paraissent lui obéir ; sa voix, qu'il remplit
à son gré d'accens touchans et d'accens homicides,
lorsqu'elle se fait entendre parmi les apprêts du
carnage, on la prend pour la voix du Dieu dont
il porte dans ses mains les images : des soupirs
religieux circulent entre des bataillons comme dans
un sanctuaire : ces tigres couverts de sang sont
aussi couverts de larmes ; soixante mille hommes
à genoux, les uns dans la boue ou dans la poussière, les autres sur les caissons et sur les affûts
des canons, après avoir reçu les bénédictions de
l'imposteur, se relèvent dévorés du besoin de
donner la mort ou de la recevoir.

Et

Et lorsque le despotisme a si bien choisi la guerre qui convient à cette contrée et les instrumens qui conviennent à cette guerre, la République, ou ceux qui la gouvernent, parce qu'ils ont le fanatisme religieux à combattre, ne veulent confier la direction de cette guerre qu'au fanatisme de la liberté. Ils ignorent que si les superstitions se répandent et triomphent par le fanatisme, le fanatisme ne peut que défigurer et exposer une liberté fondée sur la raison, et qui ne doit se défendre que par les talens et par les vertus. Les militaires qui sont sur-tout militaires, n'obtiennent dans la Vendée qu'une confiance toujours inquiète, toujours au moment d'être retirée et convertie en une accusation : et on y envoie plusieurs fois, avec le titre et l'autorité de général en chef, des hommes qui n'ont jamais eu aucun grade militaire avant d'avoir le premier de tous ; dont les noms étrangers aux armées ont été signalés dans les comités et dans les sociétés populaires ; de ces généraux patriotes enfin, qui veulent toujours exterminer les rebelles et qui ne savent jamais les battre. Je leur rendrai une autre justice : plusieurs d'entre eux furent, en effet, assez patriotes pour avouer leur incapacité, pour se démettre de tous les titres de commandement, pour ne prétendre qu'à l'honneur de verser leur sang pour la patrie.

Au moment où *Kleber* arrive dans la Vendée,

. B

tels sont les tableaux que lui présentent et l'armée royale et l'armée de la République. Il n'en est pas d'abord assez alarmé : il y trouve au rang de général en chef, mais pour un instant, *Canclaux*, qui sert avec loyauté et avec succès la République, avec des connaissances militaires acquises sous la monarchie ; et dans les seconds rangs, *Marceau*, *Beaupui*, *Savary*, *Westermann*, *Boss*, noms chers à la liberté, pour laquelle presque tous ont vécu et sont morts. *Kleber* a peine à comprendre comment ces rebelles, entourés de femmes et de prêtres, qui forment des multitudes plutôt qu'une armée, pourront disputer un seul succès aux bataillons qu'il commande et qui viennent de se battre avec gloire contre les meilleures troupes de l'Europe.

Le plan a été arrêté de glisser une partie des troupes de la République entre les côtes de la mer et les rebelles, pour prévenir toute descente des Anglais ; d'enlever en même temps aux rebelles les villes et les postes qu'ils occupent le long de la Loire ; de les rejeter de tous les côtés les uns sur les autres, de les resserrer tous au centre même de la rebellion pour les désarmer ou pour les détruire tous dans un seul combat (3). — *Kleber*, avec quatre mille hommes seulement de la garnison de Mayence et quatre canons, se charge de chasser les rebelles de Tiffauge, et marche sur eux sans s'informer de leur nombre : il les découvre au

nombre de vingt - cinq ou trente mille hommes,
placés sur des hauteurs avec une artillerie formi-
dable, et de là remplissant les airs et les creux des
vallons de hurlemens plus affreux que tous les
éclats de leur tonnerre. Il les attaque; et quoique
si inférieur en forces, plusieurs fois il les ébranle;
il est près de les précipiter de ces sommets où il
est si difficile de les atteindre : mais leur nombre,
qui semble croître à mesure qu'ils tombent, s'étend
et se déborde sur ses deux ailes ; enveloppé de
toutes parts, il ne lui reste presque plus ni d'espace
pour combattre, ni d'issue pour se retirer. Si les
rebelles, qui se sont emparés de ses quatre canons
et qui le poursuivent avec rage, ne sont pas arrêtés
assez de temps au passage d'un ravin, toute retraite
est impossible. *Kleber* appelle un officier pour qui il
avait une estime et une amitié particulière. *Prends,*
lui dit-il, *une compagnie de grenadiers ; arrête l'ennemi
devant ce ravin : tu te feras tuer , et tu sauveras tes
camarades.* — *Oui, mon général,* répond l'officier, qui
reçoit et qui exécute l'ordre de se faire tuer comme
si c'eût été celui de franchir le ravin. La marche des
rebelles est suspendue par ce dévouement, le même
que celui des trois cents Spartiates que l'histoire a
raconté à tous les âges comme la merveille de
l'amour de la patrie ; et *Kleber* ramène à Nantes la
garnison de Mayence, si nécessaire aux succès de
cette guerre. O toi qui, en sauvant tes camarades,

donnas ce sublime exemple aux soldats de toutes
les républiques , la première admiration de nos
ames émues sans doute t'appartient, et semble ne
laisser de place à aucun autre sentiment : mais au
moment où tu étonnes la nature humaine, celui
qui te demanda ce dévouement, comme on donne
d'un mot l'ordre militaire le plus simple , étonne
autant que toi ; et tu partageras sans regret les hommages éternels de ta patrie avec le général qui
t'aima et t'honora assez pour t'ordonner de mourir
pour elle (4).

Cet événement, qui ne peut pas être oublié,
apprend à *Kleber* que si la science militaire ne peut
pas trouver de grandes applications dans la Vendée,
tout le génie de la guerre y est par cela même plus
nécessaire. C'est la seule leçon dont il avait besoin ;
et en la recevant une fois , il s'en souviendra assez
pour la donner toujours aux autres.

Dès ce moment, suivant que les mouvemens de
l'armée sont déterminés par les conseils de *Kleber*
ou par les ordres du général en chef, l'armée est
victorieuse , ou elle est battue. A Cholet, à Beau-
préau, la marche tracée par *Kleber* est suivie ; et
seize mille républicains, d'abord enveloppés et
comme étouffés par soixante mille rebelles, les
renversent bientôt de toutes parts, les jettent de
la rive gauche de la Loire sur la rive droite, où
cette guerre , en changeant de théâtre , change de

caractère : à Château-Gonthier, le général en chef
veut que ses ordres aient la même prééminence que
son titre ; et les colonnes de la République sont
rompues et dispersées. En vain *Beaupui*, qui a eu
la poitrine traversée d'une balle, et qu'on croit
blessé mortellement, envoie sa chemise teinte de
son sang à ses grenadiers ; en vain *Boss*, pour ne
plus voir cet affront de nos drapeaux, demande à
grands cris la mort, la cherche et la reçoit ; en vain
Kleber et *Marceau* surpassent tout ce qu'on raconte
de leur valeur et de leurs talents : la déroute ne peut
être arrêtée que lorsqu'il est impossible de la réparer ; et tandis que les républicains sont occupés
à se faire une autre armée, les torrens des rebelles
répandus sans obstacle sur la rive droite de la
Loire, portent la menace et la terreur sur tous les
points à la fois, sur Granville, sur Angers, sur
Nantes. C'est à ce moment où les revers comme
les succès fixent sur *Kleber* la plus grande confiance de l'armée ; c'est aux portes d'Angers que
Marceau reçoit sa nomination provisoire aux fonc-
tions de général en chef, et la suspension, c'est-
à-dire, la destitution de *Kleber* jusqu'à nouvel
ordre.

Marceau est jeune ; il est fier ; sa fierté a été
blessée plus d'une fois par *Kleber* qui ne savait
pas plus adoucir la vérité qu'il ne savait la dé-
guiser : il semble qu'on ait voulu offrir à *Marceau*

l'occasion de prendre une éclatante vengeance : voici comment il en profite. Il tient la suspension de *Kleber* secrète (5) ; et en gardant le titre de général en chef, il en remet toute l'autorité à Kleber. *Menez*, lui dit-il, *l'armée de la République à la victoire ; je suis plus fait pour courir sous vos ordres dans les avant-gardes : et s'il est question de responsabilité et d'échafaud, ils seront pour moi.*

Quel menaçant et terrible augure pour les ennemis de la République, que des sentimens si magnanimes et si généreux dans les chefs des républicains ! Les rebelles ne font plus un mouvement qui ne soit un pas vers leur ruine ; de marche en marche, de poste en poste, d'échec en échec, *Kleber* les pousse et les place, en quelque sorte, entre la Loire et la Vilaine, dont il leur a rendu le passage impossible même à tenter. *C'est ici*, dit-il, *que je les voulais.* Les représentans du peuple, impatiens d'assister à une victoire, veulent qu'on attaque de nuit. *Non*, dit Kleber, *les braves gens ont rarement quelque chose à gagner à se battre dans les ténèbres : il est bon de voir clair dans une affaire sérieuse ; et celle-ci doit se décider au grand jour.* Le jour à peine se lève sur les champs de Savenai et sur les deux armées, celle des rebelles, attaquée sur tous les points à la fois, est battue à la fois sur tous les points. Ce n'est plus une déroute, c'est une destruction : quelques cavaliers qui disparaissent dans des marais , sont les seuls débris des rebelles qui échappent ; et si on l'avait voulu , cette victoire de Savenai aurait été encore la fin de la guerre de la Vendée. Depuis ce moment, ni sur la rive droite de la Loire, ni sur la rive gauche, on ne voit plus flotter de drapeaux blancs. S'il existe encore des rebelles, ils ne se montrent que dans quelques îles , qui sont comme leurs prisons. *Kleber*, *Marceau*, *Savary*, garantissent sur leur tête et sur leur responsabilité solidaire, la tranquillité et l'obéissance de toutes ces contrées, si on les confie à leur surveillance. Déjà l'industrie reprend ses travaux, le commerce ses échanges, les municipalités et les tribunaux leurs séances, tous les républicains de ces départemens les hymnes de la République.

Dans une loi, c'est-à-dire, dans une parole de la nation, ses représentans avaient promis d'éclatantes récompenses aux vainqueurs de la Vendée. La récompense que reçoit *Kleber*, le premier et le plus signalé de ces vainqueurs, c'est l'ordre de se rendre et de rester à Châteaubriant, où il n'a plus rien à faire pour la patrie : c'est plus qu'une destitution ; c'est un exil et une détention sur le théâtre même de ses triomphes.

Quoi ! dans les républiques même, les disgraces suivent donc si souvent et de si près la gloire ! et

B 4

là aussi le Gouvernement a donc si souvent le
besoin d'humilier ceux que la nation a le besoin
d'admirer ! Et quel est le crime de *Kleber* ! que lui
reproche-t-on, que veut-on punir ! Est-ce quelques-uns de ces excès de la victoire, aussi peu
rares peut-être que ceux de la puissance ! ou
plutôt n'est-ce pas quelques-unes de ces vertus
qui sont presque toujours les compagnes des talens
supérieurs, et dont s'inquiète l'autorité lorsqu'elle
attend de ceux qu'elle emploie plus de complaisances encore que de services (6)!

Les torts de *Kleber*, car il en avait, je les dirai,
et les premiers. *Kleber* était disposé, par son caractère, à juger sévèrement les pouvoirs dont il recevait les ordres avec soumission : et ses juge-
mens, rigoureux par l'équité, étaient piquans par
la tournure et par l'expression. Flatter le pouvoir
est toujours un crime, et c'est celui des lâches :
le blesser sans nécessité pour la chose publique,
ou au-delà de cette nécessité, c'est quelquefois
le tort des ames fières ; c'était trop souvent celui
de *Kleber*.

Que ne puis-je, après avoir adressé ces reproches à ta mémoire, ô *Kleber* ! dissimuler les causes
plus réelles et plus glorieuses pour toi de ta disgrace ! Que ne puis-je honorer ton nom sans
rappeler les fureurs d'une révolution où ton nom est
devenu illustre ! Non, non : avant les siècles, par

qui la révolution sera jugée, prononçons nous-mêmes sur elle les arrêts et les blâmes qu'elle a encourus, lorsqu'elle s'est écartée de la sainteté de ses principes et de ses premières voies : prononçons-les plus fortement et plus sincèrement que tous ses ennemis, qui n'ont tiré que de ses erreurs les seules de leurs espérances qui n'ont pas été aussi folles que criminelles.

Dans ses progrès, durant les trois derniers siècles, la raison, introduite chez les puissances même, était parvenue à dicter, aux nations de l'Europe, un droit des gens qui avait ôté à la guerre ses plus grandes horreurs : chez toutes, la vie d'un ennemi était en sûreté à l'instant où il était prisonnier; chez aucune la prison n'était un esclavage; et chez plusieurs, les grâces d'une humanité généreuse rappelaient seules leurs revers aux vaincus : même avant la paix, la victoire réparait en partie les maux causés par les batailles. Et c'est après que le despotisme, adouci par les mœurs générales, par les arts et par la philosophie, avait fait adopter et respecter à la guerre ces maximes sensées et sacrées, que, du milieu d'une République née aux acclamations de tout ce qui souffrait sur la terre, on avait entendu proclamer une loi qui retirait toute grâce aux vaincus; qui, après qu'on ne se battait plus, ordonnait de tuer encore ; qui faisait, des théâtres de la victoire, d'immenses échafauds où les vainqueurs, convertis en bourreaux, devaient donner la mort à ceux qui leur avaient rendu les armes ! Liberté sainte ! et c'est en ton nom qu'on faisait tant d'outrages à l'humanité qui t'avait nommée et appelée pour la venger des outrages de tous les tyrans de la terre ! C'est lorsque des expériences, renouvelées dans tous les siècles, avaient appris aux moins sages qu'il est possible d'adoucir le fanatisme et qu'il est impossible de l'effrayer, que des législateurs, qui vantaient leurs lumières, lui montraient les supplices de toutes parts, et nulle part les bienfaits de la clémence, ou la politique au moins du pardon ! Loi sanguinaire, créée pour la défense des droits des peuples et de la raison des sages, durant plusieurs générations encore tu montreras aux hommes épouvantés la liberté couverte de leur sang ! Et les ennemis de nos droits, qui sont ceux du genre humain, t'imputeront, non au délire de la liberté mais à ses principes ; non aux hommes atroces qui l'ont défigurée en lui donnant leur caractère, mais à ceux qui voulaient la faire descendre sur la terre avec ces vertus et ces grâces célestes qu'il est de sa nature d'avoir et de son influence de répandre !

Mais vous qui ne voulez croire qu'à l'humanité des despotes et à la morale des esclaves, ne vous hâtez pas tant de vous réjouir de nos aveux : ces destructions, dont la guerre même a frémi, elles sont nées de vos exemples ; c'est vous qui, en vous

armant contre la nation, en lui annonçant pour
toute grâce les maîtres qu'elle avait chassés et le
joug qu'elle avait brisé, avez déclaré que la mort
seule était à espérer pour ceux qu'elle avait nommés
ses représentans ; c'est vous qui promeniez dans
toutes les cours de l'Europe les listes des noms que
vous promettiez aux échafauds; c'est par vous
qu'étaient égarés et commandés ces Vendéens
eux-mêmes, devant lesquels, lorsqu'ils étaient
vainqueurs, tout disparaissait dévoré par le fer et
par la flamme. Oui, les premiers, quand ils ont été
les plus forts, ils ont été inexorables : et si la loi qui
leur ordonnait d'être sans pitié n'a pas été tracée
dans un code, on la leur montrait écrite dans le
ciel ; on la leur proclamait par la voix de Dieu
même. Pour oser être une seule fois humains, ils
craignaient trop d'être sacriléges; et dans les armées
de la liberté, lorsqu'elle y est arrivée en son nom
et sous les sceaux indignés de la République, cette
loi de sang a été cent fois repoussée par une désobéissance éclatante ; elle a été cent fois éludée par
des prétextes et par des artifices encore héroïques :
et ceux à qui il était devenu si familier de tout con-
vertir en crimes contre le peuple, jamais ils n'ont
osé hautement faire de cette désobéissance un
chef d'accusation. Ils la punissaient non comme
on punit le crime, mais comme on le commet ;
d'une main invisible et cachée. Parmi tant de

généraux de la République, trop magnanimes pour souiller ainsi la victoire, aucun n'avait désobéi avec moins de mystère que *Kleber*; aucun n'avait été humain avec plus d'intrépidité. A Saint-Florent, quatre mille prisonniers à la fois avaient dû la vie à *Kleber* et à ses complices *Savary* et *Marceau;* partout où ils donnaient les ordres, les hameaux et les villes étaient dérobés aux flammes comme les peuples à la mort : en vain les fureurs du fanatisme les sollicitaient sans cesse à cette loi éternelle et universelle des représailles ; la première loi d'une République fondée sur la raison était pour *Kleber* de ne pas suivre l'exemple des tyrans, et d'obtenir l'amour des plus rebelles par des vertus aussi inconnues à la terre que les maximes qui les soulevaient. Dans tous les lieux où paraissait *Kleber* après la victoire, la mort s'arrêtait et les flammes étaient éteintes. Ah ! qui n'envierait plus encore que le plus magnifique triomphe une disgrace ainsi méritée !

Un homme tel que *Kleber* a toujours des moyens de rendre son repos même utile à la patrie : il écrivait, à Châteaubriant, une histoire de ces guerres de la Vendée; elle ne sera perdue ni pour la nation, ni pour la postérité.

Les Prussiens et les Autrichiens, frappant, à cette même époque, à toutes nos frontières du Nord et du Rhin, devaient abréger la disgrace et l'oisiveté d'un homme aussi nécessaire que *Kleber* à la défense de la République : et l'ingratitude même, vaincue par le besoin qu'on a de lui, l'envoie à l'armée du Nord avec le grade de général de division, au moment où, dans le même grade, *Desaix* remplissait l'armée du Rhin des progrès de ses talens et de l'éclat de ses services.

C'est l'attribut le plus propre de la liberté, le plus universellement prouvé et avoué dans tous les siècles, de faire naître en foule des hommes destinés à tous les genres d'illustration ; et l'attribut le plus propre aux hommes que la liberté crée, c'est d'avoir comme elle un génie créateur, c'est de porter tous les arts et tous les talens plus loin que ceux qui obéissent à des maîtres. *Desaix* est en quartier d'hiver dans le Palatinat : à l'ouverture de la campagne il aura devant lui les troupes légères de la Prusse, les plus renommées et les meilleures de l'Europe ; et en faisant un seul pas en avant, il laissera derrière lui la place de Manheim, dont la garnison très-forte pourra faire à chaque instant des sorties. C'est pourtant sur le territoire étendu entre Manheim et les Prussiens, qu'il faudra, lorsque la campagne sera ouverte, chercher et trouver tout ce qui sera nécessaire à la subsistance des troupes qu'il commande. Ces besoins de l'avenir, auxquels personne ne pense, *Desaix* les sent, il en est tourmenté comme des besoins du moment. A peine il a cinq lustres encore, et déjà, en recevant les leçons des maîtres

de la guerre, il conçoit des manœuvres dont
la nouveauté enrichira l'art, et dont les succès, au
retour du printemps, feront vivre tous les jours sa
division par des victoires de tous les jours. Ce qu'il
a conçu, il le fait essayer durant tout l'hiver; il
le fait exécuter, dans ces exercices, images de
la guerre, par une jeunesse qui attendait les batailles dans les voluptés, sûre de ne rien perdre
de son courage dans les plaisirs et dans les fêtes;
et lorsque le printemps et les combats arrivent,
ces exercices, qui n'avaient été que les jeux les
plus brillans du repos, continués comme des jeux
encore, en quelque sorte, entre Manheim et les
Prussiens, entretiennent dans la division de *Desaix*
et l'abondance de tous les genres de vivres, et la
confiance de vaincre dans tous les combats. Les
soldats bénissent le général qui, par une si longue
prévoyance, leur a rendu les subsistances toujours
assurées, les victoires toujours faciles; les Prussiens
eux-mêmes, surpassés pour la première fois dans
ce genre de guerre, tantôt envoient à *Desaix* des
témoignages de leur estime, tantôt le prient de
les laisser respirer quelques instans. Ainsi un général républicain de vingt-cinq ans, créait des
manœuvres supérieures aux manœuvres conçues et
enseignées par le grand Frédéric.

Desaix a une autre manière encore de pourvoir
aux besoins des soldats et de les rendre patiens

aux privations : c'est de se priver lui-même de tout ce dont ils manquent ; c'est de régler ses besoins sur la nature et non sur le titre de général. Du pain de munition, la soupe des soldats, et de l'eau ; voilà sa nourriture. On n'en vit jamais de plus délicate sur sa table durant ces jours où la République elle-même manquait de pain en remportant par-tout des victoires. Une ou deux fois des commissaires des guerres qui voulaient faire leur cour à *Desaix*, et qui savaient mal comment il fallait s'y prendre, lui envoient du pain plus délicat et des vins : *Desaix* ne les repousse point par ces mots qu'on a plus souvent cités que dits, et qui donnent du faste à la frugalité ; il les reçoit, et les fait porter aux hôpitaux.

Cette vie si simple, et qui a aussi ses délices, nourrit dans ce jeune général français cette probité sévère et ces vertus généreuses qui embellissent tant l'héroïsme et la victoire dans l'histoire des Républiques anciennes.

Toutes les vues de son esprit sont très-justes, parce qu'il les puise ou au fond de son cœur plein de droiture et d'humanité, ou dans les écrits de ces bienfaiteurs des peuples, de ces publicistes philosophes dont les pensées sont les expressions de la conscience du genre humain. La guerre pour *Desaix* n'existe qu'entre les puissances et les puissances : elle n'existe jamais, ou du moins ne doit jamais exister, ni entre les particuliers de deux nations ennemies, ni entre les particuliers et les puissances. La discipline la plus rigoureuse a fait de ce principe de la raison de *Desaix*, une loi toujours respectée par ses soldats. Dans les pays ennemis où il entre, ni la sûreté ni les propriétés de ceux qui ne sont pas sous les armes ne sont jamais menacées par ses troupes ; elles sont toujours protégées : et tout ce qui est conquis sur les puissances grossit religieusement les magasins ou les trésors de la République. En attachant ses troupes à sa personne, non par des complaisances qu'il n'eut jamais, mais par une bienfaisance toujours active, *Desaix* les a attachées à la morale, qui le conserve toujours lui-même pur et pauvre. Après avoir traversé deux fois les contrées les plus riches de l'Allemagne, rentrant en France, à Neuf-Brisac, on est obligé de payer son souper. Employé dans les négociations avec autant de succès que dans les combats (7), après avoir signé des traités de paix avec plusieurs princes de l'Empire, non-seulement il n'en exige rien, mais il refuse les présens que l'usage et la bienséance semblaient prescrire de recevoir. *Ce qui est permis aux autres*, disait Desaix, *ne l'est pas à ceux qui commandent à des soldats.*

Aussi, que de mots échappés et de la bouche des soldats, et de la bouche des peuples de l'Empire, lui rendent ces hommages du respect et de l'amour, l'amour, si préférables aux soumissions accordées à la force et à la puissance!

Les troupes françaises entraient un jour dans la Germanie, et des paysans tremblans sortaient de leurs chaumières pour les abandonner: ils reconnaissent celui qui les commandait. *Ah! disent-ils, restons : c'est le général* Desaix; *il veillera sur notre hameau.*

Un prince de l'Empire, battu, fuyait devant *Desaix;* la caisse du prince avait été portée par les troupes chez le général vainqueur : les ordres étaient donnés de la transporter chez le payeur général, et *Desaix* animait et gourmandait de sa voix quelques soldats qui remettaient la caisse sur la voiture avec effort et lenteur : *Notre général*, lui répondent les soldats en la laissant retomber et en le regardant, *c'est parce qu'elle sort de vos mains qu'elle est si lourde!*

Gardons-nous, ah ! gardons-nous de croire que ces vertus, seules consolations de la guerre avant la paix, n'aient rien de commun ni avec les moyens qui, durant la guerre, préparent et assurent les victoires, ni avec les causes qui, après les victoires, rendent la paix plus facile, plus avantageuse et plus durable ! JE BATTRAI LES ENNEMIS TANT QUE JE SERAI AIMÉ DE MES SOLDATS, disait *Desaix;* et il en était adoré. C'est cet amour de ses soldats qui donnait à son génie,

C

naturellement réservé et circonspect, la confiance
et l'essor qui conçoivent les plans les plus hardis
et les plus difficiles à exécuter ; c'est cet amour de
ses soldats qui, sur le Necker et devant Mayence,
par des marches si inattendues et par des actions si
périlleuses, lui faisait réparer les échecs et les
revers qu'avaient soufferts d'autres divisions : c'est
cet amour de ses soldats qui, après les combats
d'OFFENBOURG, de la RENCHEN, d'ÉLEIN-
GEN, au jugement de toute l'armée, lui fit décerner
la plus grande part dans la gloire de ces journées ;
c'est cet amour de ses soldats qui, dans les retraites
éternellement mémorables de *Jourdan* et de *Moreau*,
tandis que *Bernadotte* attachait un si grand éclat
à son nom dans la retraite de *Jourdan*, faisait
approcher de si près dans l'autre retraite le nom
de *Desaix* du nom même de *Moreau*. Mais les
témoignages et les récompenses de ses plus beaux
exploits, c'est de *Moreau* lui-même que *Desaix*
devait les recevoir : et *Moreau*, dès-lors couvert
deux fois de la gloire des grands hommes de guerre,
d'abord en marchant sur Vienne, et ensuite en
se retirant, pour décerner un digne prix de ses
services à *Desaix*, le charge de la défense du fort
de Kell.

Le fort de Kell n'existait point ; on commence
à le construire, à l'entourer de barrières et de camps
retranchés, au moment même où les ennemis

commencent les circonvallations. Empêcher les Autrichiens de le prendre est impossible ; tout le succès qu'on peut obtenir, c'est d'en retarder la prise : mais ce retard, s'il est prolongé, vaudra des victoires.

C'est ici qu'on peut et qu'on doit remarquer l'étendue et la grandeur des plans qui ont présidé aux guerres de la République. Dans ces combats livrés pour établir chez un peuple les droits du genre humain, du Danube aux Pyrénées, du Zuiderzée au golfe de Gènes, les opérations ont été liées ; celles qui s'exécutaient sur un point de l'Europe, avaient souvent pour but non leur succès, mais le succès de celles qui se préparaient ou s'achevaient à trois cents lieues de là. Ainsi les combats prodigieux qui vont se livrer autour du fort de Kell et dans son fort même, n'ont point pour objet de le garder à la France ; c'est de retenir autour de ses faibles forteresses l'une des armées de l'Autriche et le prince *Charles* ; c'est d'assurer à *Bonaparte* le temps de détruire trois ou quatre armées autrichiennes, et de devenir l'arbitre de l'Italie.

L'ame de *Desaix* doit tressaillir, elle doit s'agrandir encore, en associant, à de si grandes distances, ses travaux aux desseins de *Bonaparte* ; et, au milieu de tant d'actions militaires qu'elle se lasse à raconter, la Renommée, durant plus d'un mois, fait des récits du siége de Kell l'occupation et

l'étonnement de l'Europe. Les Autrichiens, animés
d'une ardeur qu'ils n'avaient jamais cue avant de la
recevoir de l'exemple des républicains , multiplient jour et nuit les attaques ; ils les poussent
jusques sur les barrières du fort. Les parapets des
remparts sont devenus des champs de bataille.
Dans une des attaques de nuit , à la lueur des
flambeaux , un soldat français reconnaît *Desaix*
accouru sur la barrière. *Le général* Desaix *est avec
nous , s'écrie le soldat ; ouvrons la barrière aux Autrichiens ; nous nous battrons de plus près.*

L'évacuation de Kell , quand le moment est
arrivé, devient un spectacle qui ajoute à l'intérêt
et à la gloire de sa défense. La capitulation n'a
accordé que quatre heures pour tout évacuer. Le
général donne l'exemple aux soldats : il arrache
une palissade ; il l'emporte sur ses épaules ; bientôt
jusqu'aux fascines des remparts , tout est enlevé
et emporté ; et *Desaix* et le petit nombre de
braves qui n'ont pas reçu la mort dans Kell,
n'évacuent pas seulement le fort ; suivant l'expression hardie mais exacte de l'un de ces braves , ils
emportent, en quelque sorte, le fort même.

Plus la réputation de *Desaix* , comme général,
faisait de progrès, plus il se précipitait au milieu
des dangers, mêlé aux soldats, et plus souvent encore à leur tête. Au passage du Rhin, de l'an cinq,
l'un des premiers il touche la rive droite de ce

fleuve ; et au moment où, avec un petit nombre de soldats, il arrête, désarme ou renverse les bataillons autrichiens, un coup de fusil, qu'il a vu ajuster sur lui, lui perce la cuisse et le blesse griévement. Cette générosité qui ne l'abandonne jamais, et qui semble le dominer davantage au milieu des scènes de carnage, lui donne la force d'aller jusqu'au soldat autrichien qui a tiré le coup, et de le déclarer son prisonnier pour lui sauver la vie : ce n'est qu'alors qu'il fait connaître sa blessure. Ame douce et sublime dans ta bonté autant que dans ta force, c'est à toi qu'il a été réservé de faire de la guerre même une suite de leçons et d'exemples d'humanité autant que d'héroïsme ! La fortune, qui se réserve toujours son empire au milieu de l'empire de tous les talens et de toutes les vertus, peut donner à la gloire militaire de *Desaix* de l'étendue ou des bornes : toute son ame est déjà connue ; en a-t-il existé de plus belle !

Une blessure qui l'arrêtait eût été trop cruelle pour *Desaix*, si l'armée du Rhin eût poursuivi sa marche et ses victoires ; mais les préliminaires de Léoben arrêtent l'armée elle-même : et la pensée de *Desaix* peut se porter, sans trop de regrets, vers d'autres tableaux de gloire.

Kleber et *Desaix* n'avaient encore jamais combattu dans la même armée ; mais les armées dont ils commandaient les divisions, presque toujours

en mouvement sur les bords des mêmes fleuves,
avaient toujours un but commun et des opérations
toujours liées ensemble : on pouvait considérer
les armées du Haut-Rhin et de Rhin-et-Moselle
comme des ailes immenses d'une même armée.

Placé sur des points où les actions difficiles, im-
portantes et décisives, se multipliaient et se variaient
tous les jours, à la tête de trois divisions, *Kleber*,
dans une suite de campagnes, porte et varie ses
talens dans tous les genres d'actions et dans toutes
les positions que peut faire naître la guerre : passages de grands fleuves dans tous les sens et dans
toutes les fortunes ; marches audacieuses à travers
les campagnes et les villes ennemies ; retraites
savantes et victorieuses ; siéges de places fortes,
ou prises en peu de jours, ou tenues comme pri-
sonnières de guerre durant plusieurs mois ; batailles rangées préparées par la science et gagnées
par le génie : tel est le tableau des campagnes de
Kleber, depuis l'instant où il arrive à l'armée du
Nord jusqu'à celui où il cesse de se battre en
Europe. L'histoire, à qui tous les détails sont
permis, et qui peut en faire sortir la preuve de
toutes les vérités, placera sans doute un jour ces
campagnes à côté des campagnes des *Turenne* et
des *Luxembourg*. J'indiquerai rapidement tous ces
titres de la gloire de *Kleber*, et je ne m'arrêterai
que sur ceux où je sentirai davantage les caractères

particuliers de son talent, et les attributs les plus distinctifs de son courage et de son ame.

Les mouvemens de l'armée du Nord, lorsque *Kleber* y arrive, étaient encore incertains : à peine il y est, le passage de la Sambre est ordonné ; il est exécuté en présence de ces armées de la Prusse et de l'Autriche, dont il était encore si difficile alors de braver la tactique et la renommée. On livre les deux batailles de Fleurus, et on les gagne ; ces deux victoires de la République, en réveillant le souvenir de l'une des victoires les plus vantées de la monarchie, apprennent à l'Europe que les armées naissantes de la liberté dirigent déjà leur courage avec tous ces secrets de l'art et toutes ces profondeurs de la science que la guerre exige dans les grandes batailles. Au milieu des fêtes et des illuminations qui célèbrent ces deux journées de Fleurus, dont *Kleber* partage la gloire avec *Jourdan*, *Kleber* marche sur Mons ; et puissamment secondé par le général *Lefebvre*, qui commanda toujours ses avant-gardes, il force le camp retranché du mont Panisel : il force, avec la même rapidité, le passage de la Roër, et oblige l'ennemi, qui le gardait avec des forces supérieures, à se rejeter sur la rive droite du Rhin. Libre, et tranquille alors sur le succès de ses opérations, il va recueillir pour la République un grand prix de ses victoires : après vingt jours de tranchée ouverte et quarante-huit heures de bombardement, il entre dans Maestricht, et par là il assure la Belgique à la France et lui ouvre la Hollande.

Des remparts de Maestricht, sur lesquels il a arboré le drapeau de la liberté, *Kléber* passe au blocus de Mayence. Ici tout semble conjuré pour arrêter les accroissemens de sa gloire dans les humiliations d'une grande entreprise échouée. Tout manque à ses troupes pour combattre et pour vivre. Dans l'hiver le plus rigoureux, le soldat, nu et sans pain, est exposé à mourir de faim sur la neige et sur la glace ; et lorsque l'impuissance de fournir aux plus urgens besoins des troupes semble anéantir le droit de les commander, *Kleber* leur fait reconnaître toujours la voix de la patrie dans la voix de leur général : il ne peut écarter d'elles les horreurs de la famine et le désespoir ; mais ce désespoir n'est jamais redoutable qu'aux ennemis. Une garnison nombreuse, abondamment pourvue de tout, n'ose tenter une seule sortie, durant trois ou quatre mois, contre des assiégeans pâles, exté-nués, qui, au milieu de toutes les douleurs, n'ap-pellent à grands cris que les ennemis et les combats. Souffrir de tels maux et sans murmurer, paraît au-delà de tout ce qui est possible au courage ; et sans la liberté, cela ne serait pas dans la nature. *Kleber* et ses divisions, comme pour être récom-pensés de ce genre de sacrifices auquel l'héroïsme le plus sublime ne se prépare pas et ne s'exerce pas, sont bientôt appelés aux scènes les plus éclatantes de la guerre.

Tout ce qui a de la grandeur ou de l'ambition sur la terre, sur ce théâtre où tout est si fugitif, se dispute les regards des siècles et leurs applaudissemens ; et de même que les hommes, les générations et les diverses espèces de gouvernemens, les monarchies sur-tout et les républiques, toujours en querelle alors même qu'elles ne sont plus en guerre, prétendent, pour leurs principes, pour leurs formes et pour leur influence, à la gloire de faire ou d'inspirer les ouvrages qui donnent une plus grande idée de l'espèce humaine. Dans les parallèles toujours provoqués par ces contestations, et qui ne sont pas sans utilité pour les peuples, en rapprochant les actions et les monumens, il importe sur-tout de remarquer ce qu'en ont pensé les générations et les gouvernemens au moment où ils les ont entrepris et achevés ; ce qu'ils ont rassemblé de moyens et de forces pour réussir ; ce qu'ils ont jugé de la grandeur, soit des difficultés, soit des dangers ; il faut observer enfin à quels degrés se sont exaltés leur joie, leur admiration et leur orgueil, devant les ouvrages et les événemens dont ils se glorifient.

Un seul passage du Rhin, dès long-temps préparé par tous les moyens qu'un pouvoir absolu

mettait dans les mains d'un roi de France, et contre
la Hollande, qui ne pouvait opposer aucune force
imposante sur la rive attaquée, a tenu, des mois
entiers, la monarchie occupée et alarmée de cette
entreprise (8); et lorsqu'elle fut exécutée, poëtes,
orateurs, peintres, statuaires, tous les instrumens
des beaux-arts, toutes les voix du génie, se firent
entendre à la fois pour célébrer le passage du
Rhin et *Louis XIV;* tout en retentit sur la terre.
Sous la république, ses armées repoussées ou pour-
suivies par toutes les forces de l'Empire germa-
nique, n'ayant le plus souvent pour l'exécution
que des moyens rassemblés précipitamment par les
généraux, ont passé quatre ou cinq fois le Rhin,
et l'ont repassé avec plus de difficultés et plus de
dangers encore : et, tant sont négligens à recueillir
les belles actions ceux à qui les prodiges même
de l'héroïsme sont devenus familiers ! ce qu'il y a
eu de plus éclatant dans ces passages du Rhin est
resté souvent ignoré de la République même qui
leur devait les succès de la guerre, et qui pouvait
y voir des titres de la prééminence de son gouvernement. Je ferai sortir de ce silence, qui n'a
pas été celui de l'ingratitude, l'un des faits d'armes
de *Kleber,* qui n'a été conservé jusqu'à présent que
dans la mémoire de ses soldats et de ses capitaines.

Les divisions commandées par *Kleber,* se présentent sur la rive gauche du Rhin pour passer

ce fleuve dans l'un des endroits où il a le plus
de largeur et de rapidité : elles n'ont ni bateaux
ni argent. *Kleber* trouve de l'argent, lorsque la
République elle-même n'en a pas ; les bateaux
sont construits avec tant de rapidité, qu'ils semblent descendre des forêts sur le fleuve ; le passage
s'effectue avec tant d'ordre dans les ténèbres de la
nuit, qu'il n'en interrompt pas le silence. Arrivé
à Eichelkamp à l'aube du jour, *Kleber* fond avec
impétuosité sur les troupes qui gardaient cette rive
droite du Rhin ; il les culbute et les poursuit sur
la Sieg, dont il force les passages avec la même
rapidité : alors, répandu sur le territoire de l'Empire, par des manœuvres savantes et menaçantes
sur le flanc droit de l'armée ennemie, il l'attire autour de ses divisions ; il l'oblige à dégarnir, à
laisser sans défense les bords du Rhin près de
Neuwied, où *Jourdan* doit arriver et arrive avec
le reste de l'armée française.

Ainsi tout le poids de la guerre est de nouveau
rejeté du sein de la République, il pèse de nouveau
sur l'Empire ; une multitude d'actions brillantes
suivent ce passage opéré avec tant d'habilité ; mais
le moment où il faut repasser le Rhin approche,
et ce moment de leur retraite est celui ou *Kleber*
et son armée méritent le plus de fixer tous nos
regards.

La marche d'un ennemi qui est sur son terrain,

et qui est infiniment supérieur en forces, ne peut
être arrêtée par aucune des ressources du génie de
la guerre, et toutes sont nécessaires pour la suspendre. Tandis qu'il se retire en combattant,
Kleber a songé à s'assurer le passage du fleuve et
à le rendre impossible à l'ennemi : il a dit à *Marceau*, qui commande la cavalerie, à *Marceau*, son
élève dans la Vendée et son ami sur le Rhin:
*A l'instant où tu jugeras que j'aurai traversé le pont
à Neuwied, fais mettre le feu à tous les bateaux qui
sont sur le Rhin. Marceau* a mal calculé les momens, parce que *Kleber* a plus combattu qu'il n'a
marché; les bateaux auxquels on a mis le feu,
emportés par le courant du fleuve, embrasent le
pont de Neuwied avant que *Kleber* y soit encore;
et lorsque l'armée française y arrive, elle se trouve,
sans aucun moyen de passage, pressée entre le
fleuve étincelant de flammes, et les Autrichiens
qui couvrent les airs de leurs foudres. A ce spectacle, terrible sur-tout parce qu'il était inattendu,
le courage même de l'armée française est étonné
et ébranlé. La mort à tous paraît certaine et
tout combat inutile. *Marceau*, qui voit combien
est funeste son erreur, veut s'en punir comme
d'un crime; il porte le bout de ses pistolets sur
son front. Seul, calme et serein au milieu de cette
consternation de tant de héros et de ce désespoir
de tant de soldats français, *Kleber* semble rendre

grâce en secret à la fortune de cette grande occasion
de lutter contre elle : arrachant les pistolets des
mains de Marceau : *Jeune homme*, lui dit-il, *allez
vous faire casser la tête en défendant ce passage que
vous voyez, avec votre cavalerie; c'est ainsi qu'il vous
est permis de mourir.* Il appelle le chef des ponton-
niers : *Combien de temps vous faut-il pour jeter un pont !*
— *Vingt-quatre heures sont nécessaires.* — *Je vous en
donne trente; et vous m'en répondez sur votre tête.* Il demande le silence aux soldats qui remplissent le
rivage en feu des hurlemens de leur désespoir.
*Soldats, les Autrichiens commencent enfin à être dignes
de lutter contre vous ; eh bien ! faisons-leur voir que
lorsque nous sommes arrêtés par un fleuve, c'est sur
eux que nous nous précipitons : ouvrons-nous dans leurs
rangs un passage que le Rhin nous refuse encore.* A
ces paroles, prononcées par un général qui avait
reçu de la nature la taille des demi-dieux d'*Homère*,
et dont la tête, toujours surmontée d'un haut pa-
nache, s'élevait au-dessus des bataillons comme
les drapeaux de l'armée ; à cette voix d'un chef
que le soldat a coutume d'appeler le *Dieu Mars*,
le soldat croit entendre le maître de la fortune et
l'arbitre souverain des combats : il ne voit plus les
dangers devant lesquels il a pâli. A l'instant les rôles
changent entre les deux armées: celle qui poursuivait est poursuivie ; un long espace reste libre
entre les travaux du rivage et les nouveaux champs

de bataille : le temps accordé pour la construction
du pont est prolongé par des victoires. Reprenant
alors une retraite devenue bien plus majestueuse
encore, le dernier de l'armée *Kleber* met le pied sur
le pont : et les Autrichiens, comme s'ils n'étaient
plus que les témoins de tant d'héroïsme, semblent
avoir plus d'envie d'applaudir au passage que de
s'y opposer.

· Quand une ame est parvenue à cette hauteur,
ceux qui lèvent et fixent les yeux sur elle pour la
contempler, croient qu'elle ne peut avoir ni le besoin ni les moyens de s'élever davantage ; mais s'il
est dans tous les genres de gloire, sur-tout dans la
gloire militaire, des noms tellement consacrés par
l'admiration et, pour ainsi dire, par la soumission des
siècles, que la plus ardente ambition s'arrête avant
de concevoir le desir de les surpasser : on ne consent
pas également à ne pas aller au-delà de ce qu'on a
fait soi-même. Lorsqu'on a entendu proclamer son
nom dans les triomphes d'un grand peuple, on
devient pour soi-même un modèle, en quelque
sorte, et un émule ; et ce genre d'émulation tour-
mente de plus près ; il ne permet plus à la fortune
de vous surprendre ni en faute ni en négligence.
Tout ce qu'on a reçu de talens de la nature croît
sans cesse dans le besoin impérieux d'ajouter incessamment à l'illustration d'un nom devenu illustre.
Si on s'arrêtait, à quelque hauteur que ce fût, on

croirait descendre ; et ce sentiment, qui ne laisse
aucun repos à l'ame, ôte aussi toutes les bornes à sa
grandeur. Mais que parlé-je ici de grandeur et
de gloire personnelle ! Ah ! que dans l'ame des
héros qui combattent pour la liberté des hommes
et pour une République, il est un sentiment plus
fécond et plus créateur encore, plus inépuisable
en héroïsme et en vertus de tout genre ! Quand
on a une patrie, la première récompense de ceux
qui l'ont servie avec éclat, c'est de l'aimer davantage ; et pour cet amour, devenu bientôt une
passion devant laquelle toutes les autres se taisent
ou s'épurent, tant que la patrie a besoin d'efforts
et de sacrifices, il ne peut y avoir aucun terme
à l'ambition d'ajouter à ses prospérités et à sa
gloire. Dans aucun des généraux de la République
française, on ne vit, d'une manière aussi sensible
que dans *Kleber*, croître, avec les services et les
triomphes, cet amour de la liberté et de la patrie.
Au commencement de la guerre, les opinions de
Kleber sur nos principes étaient encore flottantes ;
après les faits d'armes dont je viens de parler, il
ne vivait plus que pour les rendre impérissables.
La campagne qui suit ce passage du Rhin, s'ouvre ;
et dans cette campagne, où tous les avantages de la
République et de l'Empire sont si disputés et si
balancés, *Kleber*, à la tête de l'aile gauche de
l'armée, compte presque tous les jours par des

succès qui le conduisent à d'autres succès encore.

Sur le Lacher, sur la Sieg, par-tout où il ren-
contre les ennemis, il remporte une victoire; sur
les hauteurs d'Alterkircken, il met l'armée du prince
de Würtemberg en pleine déroute, après lui avoir
fait quatre mille prisonniers et enlevé quatorze
pièces de canon, les étendarts et les drapeaux.
L'Autriche épouvantée de cette marche toujours
victorieuse, fait avancer contre *Kleber* toute son
armée, forte de soixante mille hommes et com-
mandée par ce jeune général qu'elle n'appelle au
commandement que dans les plus grands dangers,
par ce jeune prince *Charles*, qui possède éminemment le talent d'élever et d'enflammer le courage
et la confiance des troupes, et qui, né sur les
degrés d'un trône, a une grandeur assez personnelle pour être toujours près d'une disgrace, pour
avoir tous ses ennemis à la cour et tous ses amis
dans les armées et parmi les peuples. *Kleber* n'a pas
plus de vingt mille hommes pour combattre les
soixante mille Autrichiens; mais sur les hauteurs
d'UKRAD il dispose tellement des positions qu'il lui
convient et de prendre lui-même et de faire prendre
au prince *Charles*, que jamais ses vingt mille hommes
n'en ont davantage en tête, et que, dans des combats
qui se répètent plusieurs jours de suite, ses soldats,
qui ne se reposent jamais, ne cèdent jamais ni le
terrain

terrain ni la victoire à ceux du prince *Charles*, qui changent et se relèvent tous les jours. Après l'éclat de ces actions, plus répandu encore en Allemagne qu'en France, que pouvaient contre *Kleber*, et le général *Kray* et le prince de *Vertens-leben!* Il bat et disperse le premier à la Koldieck, et le second à Fredberg : à peine il frappe aux portes de Francfort, ses magistrats tremblans vont les lui ouvrir. Aucun ennemi ne paraissait plus pouvoir l'arrêter dans ce cours de victoires, lors-qu'un ennemi de tout ce qui est grand et heureux, et qui devient plus redoutable à mesure que les talens et les vertus multiplient leurs triomphes, lorsque l'envie, qui ne pouvait l'humilier par des défaites, mais qui pouvait l'abreuver de dégoûts, le contraint à se retirer de l'armée au moment où on parlait de lui en donner le commandement suprême. Il était toujours trop aisé de rendre *Kleber* suspect au pouvoir qu'il ne ménageait jamais en le servant toujours : et les préliminaires de Léoben faisaient croire que déjà les héros étaient moins nécessaires.

Ces préliminaires de Léoben, cet ascendant donné par la victoire à un général, non-seulement sur le sort des batailles, mais sur le sort des peuples, attiraient plus que jamais les regards de la France sur le vainqueur de l'Autriche en Italie : l'impa-tience de *Desaix* pour le voir et pour le connaître,

D

ne lui avait pas permis d'attendre le retour de *Bonaparte* en France ; il était allé le voir en Italie. Ce ne fut pas là seulement une curiosité profondément et vivement excitée par l'admiration : *Desaix* avait, sur les guerres d'Allemagne qu'il venait de faire, et sur celles d'Italie qu'il avait étudiées, des vues qui l'appelaient à ce voyage en guerrier qui médite son art, qui veut en approfondir tous les secrets.

En Allemagne, où les territoires sur lesquels vivent les peuples, et la constitution dont ils suivent les lois, ont depuis plusieurs siècles tant de stabilité et de permanence ; où rien ne change, ni le cours des fleuves, ni les directions des montagnes et des vallées, ni l'étendue des grands États, ni les bornes des petits, ni le caractère des Gouvernemens, ni l'esprit des peuples ; les guerres de l'Europe, qui portent là leur théâtre, s'y font aussi presque toujours de la même manière : les forces qu'on aura à combattre peuvent être dénombrées avant d'être levées ; c'est par les mêmes routes que marchent les armées ; ce sont les mêmes places qu'elles attaquent et qu'elles défendent ; c'est dans les mêmes lieux que très-souvent les grandes batailles se donnent ; et après de longs ébranlemens, les empires, épuisés sans être détruits, vont se reposer dans une plus grande indigence et dans les mêmes limites (9). En Italie, au contraire, où il y a toujours une grande mobilité dans le sol même, et de grandes mutations dans les États; où les torrens et les volcans, en changeant leurs lits et leurs foyers, changent souvent la forme et la face de la terre, abaissent les hauteurs, élèvent les vallées, ouvrent ou ferment les issues ; où les peuples prennent et perdent plus rapidement qu'ailleurs de l'énergie et de la mollesse, des vertus et des vices, des erreurs et des lumières; au milieu de ces variations universelles, la guerre a aussi toujours varié ses plans et ses combinaisons ; et à la suite des longues guerres dont l'Italie a été le théâtre, il y a eu toujours de grands changemens sur la terre.

C'est par ces causes qu'en Allemagne la guerre est un art, et, si l'on veut, un jeu qui a ses principes, ses règles, sa marche tracée, en quelque sorte, sur les cases du terrain même, et qu'il faut toujours y soumettre le génie à la science; et qu'en Italie, au contraire, elle paraît davantage une création pour laquelle la science et l'art, toujours nécessaires, doivent être soumis au génie et à ses inspirations.

Ce sont les inspirations de l'armée d'Italie que *Desaix* était allé recueillir sur leurs traces encore récentes : ce général, couvert de lauriers sur le Rhin, n'avait franchi les Alpes ni en combattant ni pour combattre ; c'était pour interroger

D 2

les pensées de *Bonaparte* sur les lieux mêmes où
il les avait conçues et exécutées par des victoires.
Desaix avait appris l'art de la guerre en Allemagne,
et allait en recevoir le génie en Italie.

Qu'il y a de grandeur dans cette admiration
et dans cet amour de la grandeur d'un autre ! et
comme cet hommage est senti et acquitté par
celui à qui il est rendu ! Voici le premier ordre
de l'armée d'Italie après que *Desaix* y est arrivé :
« Le général en chef avertit l'armée d'Italie
» que le général *Desaix* est arrivé de l'armée du
» Rhin, et qu'il va reconnaître les positions où les
» Français se sont immortalisés. » Non, ce n'est
point là ce commerce d'éloges qui peut corrompre
les ames qui en sont les plus dignes; ce sont ces
hommages que les grandes ames ont toujours le
besoin de se rendre, et par lesquels elles s'attachent
toujours davantage à ce qu'elles honorent. Eh !
que dans une magistrature qui imprime la première action aux destinées d'un grand peuple, il
est heureux d'y avoir porté les souvenirs de ces
jouissances après lesquelles on ne peut plus jouir
que de ce qui fait la grandeur des hommes et la
prospérité des peuples !

A l'instant où la reconnaissance d'une nation
éclairée décerne des éloges publics, elle ouvre à
ceux qui les reçoivent cette espèce de temple
de mémoire, ce panthéon de tous les peuples et

de tous les siècles, qui existe par-tout où ce qui
est sensible honore ce qui a été grand; et de cette
hauteur d'où les noms sont proclamés sur l'univers, ils deviennent des objets de parallèle avec
tous les noms gravés sur les colonnes des âges.
Kleber et *Desaix*, si dignes tous les deux d'entrer dans
ces parallèles qui enseignent aux nations à apprécier les vertus, à distribuer la gloire, sont appelés
bien plus naturellement encore à être rapprochés,
à être comparés l'un à l'autre dans cet hommage
solennel qu'ils reçoivent ensemble.

Kleber et *Desaix*, qui ne se précipitèrent ni l'un
ni l'autre dans la révolution, étaient tous les deux
doués d'une ame trop grande et d'un esprit trop
juste, pour rester long-temps indécis entre l'orgueil
de quelques hommes et les droits de tous les peuples : mais le premier, qui appartenait aux classes
opprimées, signala son respect pour l'apparence
même de l'ordre, par sa lenteur à embrasser les
principes de l'égalité ; et le second, né dans la classe
privilégiée, qui devait son éducation même aux
prérogatives de sa naissance, témoigna combien
il était désintéressé par sa détermination à combattre les priviléges. Au premier instant où ils
attirèrent sur eux l'attention, tous deux déployèrent
cette valeur qu'on ne peut remarquer dans les
armées françaises que lorsqu'elle est héroïque; que
lorsqu'au milieu de toutes les scènes de la mort

volant autour de soi sous toutes les formes, tous
les mouvemens de l'ame sont plus élevés et plus
constans, toutes les opérations de la pensée plus
rapides et plus sûres, mieux dirigées à la fois et
par les inspirations et par les réflexions. Mais dans
Kleber, la valeur, qui tenait peut-être davantage à
son organisation même, était plus aisément mo-
dérée : il a souvent étonné par sa bravoure, et n'a
jamais été trop brave. *Desaix*, qui aimait trop peut-
être à contempler dans les histoires les rares exemples de courage, abandonnait davantage le sien
à la chaleur des combats ; et parmi tant de bles-
sures reçues avant la dernière, il en est, peut-être,
pour lesquelles la patrie doit mêler le reproche
à la gloire. Pour *Desaix*, qui avait conçu l'art
militaire sous ses rapports avec la liberté des peuples
et le perfectionnement de l'espèce humaine, son
amour pour la guerre se confondait avec son
amour pour la vertu : il y pensait toujours. Pour
Kleber, qui s'en occupait moins dans ses momens
de repos, et qui n'en attendait pas de si utiles résultats, c'est dans ce qu'elle a de plus terrible que
la guerre paraissait le plus son état naturel. Le
premier l'étudiait avec les secours réunis de tous
les arts, de toutes les sciences, dont elle semble
ne plus pouvoir se passer : le second, ses cartes
sous les yeux et ses crayons à la main, semblait
pour chaque bataille trouver une nouvelle science

de la guerre, sur le terrain, dans son génie, et
dans les fautes qu'il commandait à ses ennemis,
Kleber et *Desaix* portèrent tous les deux dans les
camps et dans les victoires, le mépris ou l'horreur
de ces richesses qui sont des dépouilles : ils y
conservèrent tous les deux cette pauvreté qui, dans
tous les siècles, a été pour les généraux vainqueurs le plus beau cortége de leur triomphe. Ce
dédain de la fortune se nourrissait dans *Kleber* par
l'assurance de trouver, sans des richesses criminelles, les jouissances dont un homme peut avoir
le besoin ou le desir, et par la préférence qu'il
donnait sur tous les plaisirs de la terre, aux satis-
factions intimes et profondes de cette fierté pour
laquelle l'humiliation seule est un malheur : dans
Desaix, les maximes de sa maison et de son éducation, épurées par les exemples des Républiques
anciennes et par les principes de notre République, étaient devenues ce modèle du beau moral qui,
dans la simplicité d'une vie frugale, convertit tous
les sacrifices de la vertu en délices, ce modèle qui,
au milieu de la dépravation presque universelle de
nos mœurs, nous fait regarder encore comme les
premiers des êtres ces antiques vainqueurs de
l'Afrique et de l'Orient qui allaient cultiver les
campagnes du Tibre en descendant d'un char de
triomphe entouré et suivi des richesses de l'univers.
Desaix, qu'on a comparé à *Épaminondas*, dont il

avait beaucoup lu et contemplé la vie, était plus
propre à commander les armées d'une république
qui aurait voulu modérer ses victoires par la même
morale que ses lois : *Kleber*, auquel on a entendu
exprimer le regret de n'être pas né sur un des trônes
de l'Asie pour y faire à lui seul une révolution,
comme ces conquérans descendus des hauteurs de
la Tartarie, comme les fils de *Gengis-kan*, ou comme
Gengis-kan lui-même, était plus fait pour secouer
les nations endormies dans les vices de la mollesse,
pour traverser les continens par des victoires, pour
laisser par-tout sur le passage de ses triomphes des
souvenirs et des maximes de cette justice naturelle
par laquelle deux ou trois fois sur la terre les victorieux et les forts ont étonné les faibles et les
vaincus. *Kleber* était fait pour d'autres parties du
globe ; *Desaix* pour d'autres siècles. *Desaix* profondément pénétré des difficultés de tout genre
que rencontrent les gouvernemens dans leurs vues
les plus bienfaisantes, loin de relever impatiem-
ment les fautes de ceux qui gouvernaient la République, les couvrait presque toujours de toute son
indulgence : il eût voulu toujours ajouter à cette confiance et à ces espérances publiques sans lesquelles
chez un peuple libre le gouvernement le plus fort
est sans force pour opérer le bien. *Kleber* ne pardon-
nait pas de faillir à ceux dont les fautes font les
malheurs des peuples : il paraissait croire qu'il faut

toujours mettre à côté d'une grande autorité , une opposition inquiète, et à côté des flatteries, des sarcasmes. *Kleber* aurait eu, dans une monarchie même, ce courage si rare, auprès des trônes, de braver, pour la vérité, le pouvoir dont on dépend pour sa gloire et pour sa fortune ; *Desaix* avait le courage, peut être plus rare encore dans les Républiques naissantes, de ménager et d'aider le pouvoir lorsqu'on ne fait rien pour lui et tout pour la patrie. Ni l'un ni l'autre ne manifestèrent jamais en France l'ambition du premier rang ou du premier rôle : si les événemens de la révolution les y avaient portés, leurs talens les y auraient maintenus avec gloire ; mais *Desaix* en serait descendu avec plaisir, pour servir modestement la patrie sous celui qu'il en aurait jugé plus capable ; et *Kleber*, peut-être , avec plus d'impatience encore, pour être dans le second grade , l'égal , par ses talens, et le juge , par ses censures , de celui qui aurait commandé au premier.

Tels paraissaient déjà *Kleber* et *Desaix*, au moment où leur carrière de gloire n'était pas encore entièrement parcourue , et où elle semblait être fermée par le traité de Léoben.

Ces chefs illustres de tant d'armées tant de fois victorieuses et en Italie et sur le Rhin , cette foule de guerriers dont très-peu comptent plus de six lustres, quand ils ont tout fait pour donner la

paix au monde, ne peuvent pas s'ensevelir dans
son repos. Les fatigues et les dangers, devenus
leurs premiers besoins, peuvent servir à d'autres
besoins des nations ; et le vainqueur de l'Italie,
occupé à faire servir les victoires d'un peuple au
bonheur de tous, a conçu des desseins qui embras-
sent dans leur étendue toutes les parties du monde.
Il a porté ses regards et ceux de la France sur cette
contrée qui a été placée, par la nature, comme
un point de réunion entre l'Asie, l'Afrique et
l'Europe ; qui, dans son sol, dans son fleuve,
dans le ciel qui la couvre et l'embrase, présente
des phénomènes qu'on croirait appartenir à un
autre globe et à une autre nature ; dont les
traditions, perdues dans la nuit des temps comme
dans l'éternité, sont attestées encore par des
monumens devant lesquels tous les siècles ont
passé sans les détruire, et qui, toujours debout
à la même place, ont vu changer plusieurs fois
les lits des mers, les formes et les chaînes des montagnes, l'ordre des corps célestes ; où c'est en cul-
tivant les eaux qu'on féconde la terre ; où l'homme,
presque dispensé de la loi universelle du travail
des mains, reçoit dans un espace très-resserré,
comme un présent accordé à son intelligence, les
productions partagées entre tous les climats pour
les besoins du genre humain et pour ses délices ;
où deux mers, qui, l'une de l'Asie et l'autre de

l'Europe, s'avancent et s'approchent l'une de l'autre
comme pour se toucher, et qui touchent elles-
mêmes à tous les océans, sont toujours prêtes à
verser les trésors de l'Orient dans l'Occident, et
la population de l'Occident dans l'Orient. C'est
dans cette contrée, d'où, aux premiers âges du
monde, les arts et les sciences se répandirent sur
la terre, conduits par la main des conquérans, que
le vainqueur de l'Italie porte avec les armées et
les héros de la France, ses sciences et ses savans,
ses arts et ses artistes. C'est de là, c'est de l'Égypte,
que *Bonaparte* veut, à la fois, arracher tant de belles
portions du globe à l'ignorance et à la barbarie
qui les ont recouvertes, et l'Indostan au despotisme
altier de l'Angleterre : c'est là qu'il veut rouvrir au
commerce de l'univers les chemins plus courts que
Tyr et Alexandrie lui avaient tracés, pour établir,
entre tous les peuples industrieux de la terre, un
partage plus égal de ses richesses. Oh ! quel ami
de l'humanité, à quelque nation qu'il appartienne,
ne formera pas des vœux pour le succès de cette
entreprise dont les siècles modernes n'ont point vu
d'exemples ! et quel héros de la France n'aura pas
l'ambition d'y concourir !

Kleber et *Desaix* sont les premiers à faire éclater
l'ardent desir d'entrer en partage de ces nouvelles
fatigues : avec les *Caffarelli*, les *Mireur* et une multitude d'autres Français, dont les armées de l'Empire

se souviendront long-temps, *Kleber* et *Desaix* seront,
sur les bords du Nil, les représentans de la gloire
de nos armées du Rhin. Et avec quelle rapidité
s'exécutent ces vastes projets ! A peine l'Occident
en a entendu parler, déjà l'Orient est ébranlé.
ALEXANDRIE, CHEBREÏSSE, LES PYRAMIDES,
ont déjà donné leurs noms à la Renommée, qui les
porte chez toutes les nations avec les noms d'*Arcole*
et de *Rivoli*. Des milliers de combats qui renaissent
tous les jours en Égypte et sous tous les pas, sont
les seuls repos qui restent aux Français entre les
grandes batailles : et au bruit des foudres qui ne
se taisent jamais, les arts de l'Europe établissent
leurs instrumens et leurs travaux sur les ruines des
arts des *Pharaon;* les élèves des *Newton* et des
Locke, soulèvent ces mêmes voiles de la nature
qu'avaient touchés les mains des prêtres de Saïd et
de Memphis. L'Égypte, entourée encore de hordes
arabes, a un Institut des arts et des sciences. Cet
éternel ennemi des nations, qu'il est impossible de
soumettre par la terreur, parce qu'il ne craint pas
la mort, et par les bienfaits, parce qu'il les re-
doute et les repousse ; le fanatisme, fléau de ces
climats plus encore que la contagion dévorante
qui sans cesse les ravage, est étonné, pour la
première fois, devant des vainqueurs qui, le glaive
à la main, le ménagent et veulent l'adoucir. Les
couleurs de la liberté flottent, à la fois, sous le

ciel de l'Afrique et sous celui de l'Asie ; les drapeaux de la République entendent la chute des cataractes du Nil et celle des torrens du mont Tabor ; et dans ces mouvemens qui de Memphis, devenu leur centre , portent nos armes et nos victoires sur les bords du Jourdain et sur les hauteurs de l'Ethiopie, *Bonaparte*, qui les conçoit et les règle tous , charge *Kleber* et *Desaix* de l'exécution des plus importans. C'est *Desaix* qui poursuit les restes des Mamelucks au delà des ruines de Thèbes ; et c'est *Kleber* qui , autour des lacs et des montagnes de la Syrie , arrête et repousse les torrens des forces ottomanes. Ah ! si dans ce long cours de victoires sous des cieux brûlans et sur des sables enflammés , si dans cette marche triomphante des Français vers de plus grands desseins encore, la Méditerranée pouvait leur porter quelques secours devenus nécessaires !

Mais, ô douleur ! ô regrets! depuis qu'ils ont quitté la France, ses prospérités semblent s'être éloignées avec eux. Nos ministres de paix égorgés, ont été le signal d'une guerre où chaque jour la République apprend plusieurs désastres. Cette Italie , ce théâtre de tant de victoires de la liberté, est rentrée sous la main et sous le joug des oppresseurs. De tant de victoires, tout est perdu, hors la gloire de nos armes, qui s'est accrue même dans nos revers! Et tandis que la coalition triomphante à son tour cherche à pénétrer au cœur de la République par ses plus faibles frontières, le Pouvoir qui fait les lois et le Pouvoir qui les exécute, divisés par des ambitions plus encore que par des opinions, perdent dans leurs querelles le temps et les forces nécessaires au salut de la République. Au récit de tant de changemens dans la fortune de la France, *Bonaparte* ne peut plus en rester éloigné. A travers la Méditerranée et les flottes de l'Angleterre qui la couvrent, il arrive dans la République qui, dans tous les malheurs, a prononcé son nom.

Le moment où *Bonaparte* quittait l'Égypte était celui où *Desaix* poursuivait et achevait la conquête de la Haute-Égypte; où, en s'approchant des sources du Nil, nos soldats gagnaient chaque jour des batailles, nos savans faisaient des découvertes, nos artistes dessinaient des ruines; où *Desaix* lui-même, fléchissant par ses vertus la férocité de l'Ethiopie, y était appelé *le Soudan juste* : c'était le moment où, près des bouches du Nil et près des Pyramides, l'armée française recevait plus que jamais toutes les soumissions. En la quittant, *Bonaparte* lui laissait une nouvelle victoire et la plus grande de toutes celles de l'Égypte; il lui laissait pour général en chef *Kleber*. Et cependant *Kleber* va négocier une capitulation ! il va la signer !

Je ne craindrai pas de faire entendre ici contre la

mémoire de *Kleber* les reproches qui lui ont été adressés; s'ils étaient fondés, ils nous accuseraient nous-mêmes, nous qui, devant la France, et en son nom, lui rendons ici des honneurs et des grâces.

Kleber, on l'a dit, a manqué à son armée, qu'il a fait capituler au milieu d'une suite non interrompue de victoires; il a manqué à celui de qui il avait reçu le commandement en chef, en faisant croire qu'on ne lui avait laissé que les débris d'une armée; il s'est manqué à lui-même, en abdiquant la seule grande occasion que lui avait donnée la fortune pour obtenir des triomphes dont la première gloire serait à lui, pour commander à la fois à une armée et à des nations; il a manqué à la France, qu'il faisait renoncer à une colonie acquise par tant de sacrifices et devenue l'objet de tant d'espérances.

Vous qui l'accusez, je n'ai pas craint de vous faire écouter dans cette solennité funéraire comme vous auriez été écoutés sur les bords des tombeaux où l'Égypte jugeait les *Pharaon* : l'ame de *Kleber* va s'ouvrir à tous les regards; elle a été trop fière et trop grande pour être difficile à pénétrer. Entendez *Kleber* vous répondre du fond de son tombeau, entendez-le vous dire : « En prenant le commandement » de l'armée, les circonstances même qui me l'ont » donné ont dû me persuader que les dangers de » la République étaient extrêmes; et rien n'avait

» pu m'apprendre que celui qui s'était séparé de
» l'armée d'Égypte, veillait sur elle du faîte de
» toutes les magistratures. J'ai dû croire qu'il était
» moins important pour la France de lui conserver
» l'Égypte, que de lui ramener une armée qui
» a toujours été victorieuse : je n'ai abaissé de-
» vant les ennemis de cette armée, ni ses forces
» ni sa gloire ; je lui faisais ouvrir toutes les routes
» pour aller chercher des combats plus nécessaires
» à la République : quant à ce que vous appelez
» ma grandeur personnelle, en vivant pour la
» renommée, j'ai plus vécu encore pour le devoir ;
» et j'ai toujours senti que le moment où un
» citoyen est le plus grand, n'est pas celui où il
» ajoute à sa gloire, mais celui où il l'immole
» aux intérêts réels de la patrie. »

Desaix, qui est descendu des cataractes du Nil
au camp des Ottomans pour négocier ce traité
de *Kleber*, après l'avoir signé, veut en profiter le
premier pour venir combattre nos ennemis de
l'Europe. Arrêté sur la Méditerranée par des ami-
raux qui peuvent régner sur les mers et qui les in-
festent, par des Anglais qui, en insultant à un héros,
prodiguent encore avec affectation l'injure et la rail-
lerie aux principes de l'égalité des hommes ; *Desaix*
déploie devant eux cette même hauteur de caractère que *César* prisonnier déployait sur les vaisseaux
des pirates. La première voix qu'il entend, la seule

au

au moins qu'il écoute, en touchant le sol de la France, est celle de *Bonaparte*, qui, du sommet des Alpes d'où il se précipitait, l'appelle aux champs de Maringo. O champs de Maringo, ô jour d'une nouvelle gloire pour la République française et pour son premier consul, que vous deviez coûter cher à l'un et à l'autre ! Au moment même où il chargeait à la tête de sa division, réservée pour les derniers efforts, au moment où il déterminait une victoire qui semblait fuir nos drapeaux, frappé d'une balle mortelle, *Desaix* tombe expirant sur le champ de triomphe !. . . . Des pressentimens jusqu'alors inconnus à son ame, avaient paru devant elle avant la bataille : il leur avait souri ; ils le menaçaient de mourir pour la patrie. Après la victoire, au milieu de cette armée triomphante, en pleurant la mort de *Desaix*, on pense à la mort de *Kleber* et on en parle. Des héros qui viennent de recevoir de la fortune de si grands succès, en craignent pour *Kleber* tous les revers. Ébranlée par ces pressentimens, lorqu'ils s'accomplissent, l'imagination croit qu'ils lui ont révélé l'avenir. Qu'est-ce que la raison peut y voir que ce sentiment des malheurs suspendus sur nos têtes dans toutes les situations, et qui, du faîte des succès et des prospérités, tombent avec plus de menace et plus de bruit !

Depuis que *Desaix* a quitté l'Egypte, des

E

perfidies de nos ennemis, innattendues encore après tant d'autres, ont donné à *Kleber* une nouvelle gloire et une nouvelle puissance. Deux nations devoient concourir à l'exécution du traité négocié par *Desaix* : l'une, sortie il y a trois siècles seulement des rochers de la Scythie et du Caucase, a fait de son ignorance et de son horreur pour les lumières une partie de son culte religieux et la seule loi bien exécutée de ce despotisme de l'Orient, qui n'agit que par des passions fougueuses, et ne se repose que dans les vices et dans la paresse : l'autre se vante, et non sans titres, d'avoir, la première, découvert les lois de la nature et les lois de l'ordre social ; d'avoir, la première, enseigné aux puissances à soumettre la force à la morale. Les espérances que les amis de l'humanité fondaient sur les progrès des lumières doivent-elles rester à jamais humiliées et confondues ! C'est l'Ottoman qui veut remplir le traité ! c'est l'Anglais qui veut qu'on le viole ! L'Anglais et l'Ottoman déclarent à *Kleber* qu'il est prisonnier de guerre avec cette armée qui n'a jamais eu que des triomphes ; qu'elle et lui ne sortiront de l'Égypte qu'après s'être soumis à cet affront.

Vous pour qui les traités ne sont rien, apprenez ce que sont les hommes qui se reposent sur leur foi : *Kleber* n'a plus rien à vous dire ; c'est à son armée qu'il parle. FRANÇAIS, VOUS

RÉPONDREZ À CETTE INSOLENCE PAR DES
VICTOIRES. — A l'instant même l'armée du grand
visir, forte de plus de soixante mille hommes, est
dispersée dans les déserts, comme leur poussière est
balayée par les souffles brûlans de l'Éthiopie. *Kleber*
achevait sa victoire, et le Caire se soulevait :
Kleber se retourne ; il enveloppe de feu la ville ré-
voltée, et il éteint ses foudres aussitôt qu'elle
accepte sa clémence. L'Égypte est conquise par la
France une seconde fois ; de nouveaux remparts
s'élèvent autour de ses villes, de nouvelles forteresses sur les bords de son fleuve, de ses lacs, de
ses sables. Au loin et auprès de lui, *Kleber* ne peut
plus laisser tomber ses regards que sur des ennemis
vaincus, sur des peuples soumis, et sur les com-
pagnons de ses victoires. Tout lui garantit la terreur ou les hommages de l'Orient. Que peut-il
craindre ! . . .

Du fond des déserts où ont précipité et caché leur
fuite le visir et l'aga des Janissaires, un jeune osmanli
part sur un chameau , seul ; il traverse ces longs
déserts ; il erre quelques jours au Caire, dans les
détours et dans le silence de la grande mosquée :
du temple il pénètre dans le quartier général, et sur
la terrasse où se promène *Kleber*, ayant non loin
de lui son armée, et autour de son nom, en quelque
sorte, toutes ses victoires : et d'un premier coup
de poignard l'osmanli renverse à ses pieds le second

E 2

conquérant de l'Égypte, le destructeur des forces
ottomanes. Victoires, triomphes des mortels, quand
le plus grand ennemi du genre humain, quand le
fanatisme arme les plus faibles bras, il leur est donc
si aisé de vous couvrir de ruines et de deuil ! Ainsi
périt *Kleber* en Égypte, au même jour, à la même
heure que *Desaix* en Italie; et tous les deux pé-
rissent entourés de trophées !

O vous héros de la liberté et ses victimes, *Kleber!*
Desaix! en vous armant pour la liberté vous vous
etiez dévoués; et en contemplant vos exploits, en
les racontant, mon ame s'est trop approchée de la
vôtre pour vous donner ici trop de regrets et trop de
larmes! La patrie et la gloire ont été les premiers, et
presque les seuls objets de vos passions; et ces
hommages si augustes que la patrie vous rend, ces
monumens où une grande nation verra sans cesse
et vos traits et votre gloire, auraient été, de votre
vivant, la plus haute et la plus douce espérance de
votre ambition. Les entretiens des générations avec
vous ne seront plus interrompus; votre vie, toujours rappelée par vos images, perpétuera au milieu
de la République les services que vous lui avez
rendus. Consacrée par vos tombeaux et par vos
statues, cette place sera un temple où la nation
viendra recevoir les saintes inspirations du patriotisme et de l'héroïsme. Celui qui fut si souvent, dans
les batailles, ou votre modèle ou votre chef, et qui

aujourd'hui à la tête de la République, acquitte
sa reconnaissance envers vous, vous l'aiderez,
vous le servirez encore du fond de ces tombeaux
qu'il vous érige. Vous lui rendrez plus facile l'exécution de ses grands desseins pour remplir ce que
la France et le genre humain attendent de lui;
pour arracher une République de trente millions
d'hommes, et aux erreurs de ceux qui ont entouré son berceau, et aux fureurs de ceux qui
ont voulu l'étouffer dans son berceau même; pour
proposer aux pouvoirs chargés, par la constitution,
du débat des lois et de leur sanction, des lois
dictées par cette morale universelle qui aurait dû
être toujours le génie de la République, des lois
dont l'exécution constante et certaine apprenne
à tout un peuple à exercer par la sagesse, des
droits conquis par la force et calomniés par la
terreur; pour rendre aux générations qui vont nous
suivre, le peu de vraies lumières qui nous éclairent
plus faciles à acquérir et à multiplier, et faire des
lumières elles-mêmes, non l'ornement de quelques êtres privilégiés et les instrumens des usurpations de leur orgueil, mais l'héritage commun des
hommes, et les attributs inviolables de leur égalité;
pour faire rendre honneur, enfin, par toutes les
puissances, aux principes du nouvel ordre social,
en fécondant, pour la terre entière, comme pour
nous, les germes de vertus et de prospérités qu'ils

E 3

récèlent, en faisant de la République française l'alliée de la justice de toutes les nations, la protectrice de celles qui sont faibles, l'effroi de celles qui voudraient abuser de leurs forces, et le modèle, pour toutes, du bonheur que l'homme peut trouver dans la vie sociale et dans la nature!

F I N.

NOTES.

(1) Au moment où ce discours a été prononcé, tout annonçait la reprise des hostilités : les lettres de l'Empereur qui ont déterminé la prolongation de l'armistice et les négociations de la paix, ne furent remises au premier Consul que sur le chemin de la place des Victoires au temple de Mars.

(2) Une CRAVACHE n'est pas précisément un fouet: c'est pour cela que je me suis servi de ce mot, très en usage parmi nos militaires, mais qui n'est encore admis que dans leur langue.

(3) C'est du fanatisme que les rebelles de la Vendée tiraient leur plus grande force; mais ils furent presque toujours abondamment pourvus de tous les instrumens de guerre. Leurs chefs avaient tous beaucoup de courage, quelques-uns ne furent pas sans talens ; et l'argent ne leur manqua jamais.

Je n'ai pu me résoudre à prononcer dans le discours les noms des principaux chefs des rebelles. C'étaient, à cette époque, *Charrette*, *Sapinaud* et *Delbée*.

Charette commandait dans les cantons de la Vendée les plus proches de la mer : il faisait la guerre en partisan ; il évitait les batailles et multipliait les combats ; il commandait constamment à quatre ou cinq mille hommes, et quelquefois à dix ou douze mille.

Sapinaud occupait le centre de la Vendée; il avait plus de combattans que *Charrette*, mais moins de talens et d'audace.

E 4

Delbée, dont le commandement s'étendait, depuis la rive droite de la Sèvre nantaise, sur tous les pays en révolte vers la Loire, avait une armée ; elle était presque toujours, au moins, de soixante mille hommes.

Dans les pouvoirs qui leur avaient été partagés, *Sapinaud* et *Charrette* devaient être soumis à *Delbée* ; ils devaient être comme ses généraux de division. Mais *Sapinaud* ne savait ni obéir ni commander ; et *Charrette* ne voulait se laisser faire sa part du commandement ni par les prêtres qui étaient autour de lui, ni par les princes qui en étaient loin. *Delbée* avait de grands projets ; il les prenait pour une grande capacité. Il se servait beaucoup des prêtres, et leur était beaucoup trop soumis pour s'en servir avec un grand avantage.

Ce qui m'a le plus étonné dans les notes que j'ai recueillies sur cette guerre, c'est le rôle que j'y ai vu jouer aux femmes : leur courage pour sacrifier, et leur délicatesse naturelle, et leurs charmes, et leur vie, à ce qu'elles aimaient, a surpassé tout ce qu'on a toujours raconté de plus extraordinaire des dévouemens de ce sexe faible, qui semble puiser dans ses faiblesses même ce courage qui étonne les hommes.

Quelques-unes, sans doute, étaient exaltées par le fanatisme, mais le très-petit nombre. C'étaient leurs pères, leurs frères, leurs maris, leurs fils, leurs amans, que presque toutes suivaient dans les fatigues, dans les dangers, et à la mort. C'est l'héroïsme des plus beaux et des plus doux sentimens de la nature qu'elles ont signalé dans une cause où la nature et ses droits étaient attaqués et outragés de tant de manières.

Ce qui est confirmé encore par des faits bien connus, c'est qu'un très-grand nombre de ces femmes qui

étaient arrivées à l'armée *chrétienne* et *royale* royalistes
et dévotes, au bout de quelque temps, paraissaient
indifférentes sur les opinions religieuses, et embras-
saient, sinon les principes, au moins le parti des républicains. Cela leur arrivait lorsqu'elles avaient perdu ce
qu'elles aimaient dans l'armée des rebelles : il paraissait
bien alors qu'elles n'avaient pas été attachées à cette
armée par des sentimens politiques. On sait combien
ces transfuges ont rendu de services aux jeunes généraux de la République; on sait que la République leur
doit plusieurs de ses victoires dans la Vendée.

(4) On aura peine à croire, mais il est vrai, que
parmi plusieurs militaires qui m'ont raconté ce dévouement sublime, aucun n'a pu m'apprendre le nom qu'il
doit immortaliser. C'est au premier Consul à le faire
sortir de cet oubli si incompréhensible : il me semble
que ce nom mérite d'être gravé sur le monument élevé
à *Kleber.*

(5) Je n'ai pas cru devoir m'arrêter, dans le discours,
sur les détails de ces circonstances où *Marceau* avait été
blessé par une certaine sévérité, peut-être excessive,
que *Kleber* portait dans les armées, et qu'il n'avait pas
ailleurs. Mais c'est de la grandeur des caractères que
sortent sur-tout les grandes actions. L'observation la
plus utile, même alors qu'elle afflige, est celle du
cœur humain; et l'observation des belles ames nous
ravit en même temps qu'elle nous éclaire. Je crois
donc devoir rapporter ici un ou deux de ces faits que j'ai
indiqués.

Doué, à un très-haut degré, de cette admiration pour
les talens supérieurs, attribut inséparable d'une ame

jeune et destinée elle-même à de grandes choses,
Marceau, marchant un jour à la tête de sa division,
s'en était séparé pour voir *Kleber*, pour aller, à quelque
distance de sa route, rendre ses premiers hommages à
un homme qu'il ne connaissait encore que par la renommée. *Kleber* écoute *Marceau* d'un air froid et sévère,
et lui demande où est la troupe qu'il commande : *Elle
est à une lieue d'ici*, lui répond Marceau. *Eh ! bien,*
reprend *Kleber, allez vous remettre à sa tête ; vous
n'auriez pas dû vous en éloigner : nous aurons le temps
de nous voir après avoir vu l'ennemi.*

Une autre fois, *Marceau*, emporté par une ardeur de
courage dont il ne savait pas encore se rendre maître,
s'éloigne de trois ou quatre lieues du corps d'armée,
en poursuivant l'ennemi dans les faubourgs du Mans,
à travers un pont hérissé de chevaux-de-frise et de
canons : il écrit bientôt à *Kleber* d'empêcher que l'ennemi ne le tourne ; il s'était aperçu que si cela arrivait,
la retraite lui deviendrait impossible. *Marceau est un
jeune homme,* dit *Kleber* d'une voix haute, après avoir
lu la lettre ; *il ne suffit pas qu'il reconnaisse sa faute,
il faut qu'il la sente bien.* Et en effet, en prenant des
mesures promptes pour qu'elle ne lui fût pas funeste, il
les prit de manière à lui laisser de vives inquiétudes sur
les dangers qu'elle lui avait fait courir.

Marceau était d'une sensibilité trop impétueuse, il
était aussi trop jeune, pour ne pas trouver des leçons ainsi
données plus dures encore que nécessaires ; il en était
humilié avant d'en être éclairé : il s'en plaignait avec
amertume ; mais on a vu aussi comment il s'en ven-
geait. Et il faut remarquer que *Kleber* n'avait alors
aucun grade supérieur sur *Marceau* ; il n'exerçait que

la supériorité et le commandement, en quelque sorte, de la raison.

Ces traits, lorsqu'on les considère avec le trait qui les suit, paraissent plus propres encore à honorer *Marceau* que *Kleber* : l'un se montre sévère, l'autre sublime. Mais un homme qui n'aurait pas été sublime lui-même, n'aurait pas obtenu cet empire sur une ame telle que celle de *Marceau* : ce n'est pas la dureté des maximes militaires que *Marceau* pouvait révérer dans *Kleber*, c'était son génie éminent pour la guerre et la hauteur de son caractère.

Caffarelli, qui avait beaucoup connu *Kleber*, avait pour lui la même admiration, et il l'exprimait quelquefois avec ces expressions qui paraissent toujours exagérées, et qui n'exagèrent pas le sentiment de celui qui parle : *Voyez-vous*, disait un jour *Caffarelli* en montrant *Kleber* à un de ses amis, *voyez-vous cet Hercule! eh bien ! son génie le dévore et le tue : il y a de lui cent actions militaires magnifiques ; et ce n'est rien encore auprès de ce qu'il est capable de concevoir et d'exécuter.*

(6) Ces injustices, cette crainte des grands talens militaires et de leur gloire, sont trop communes aux Gouvernemens. On sait comment, parmi les empereurs, ceux qui n'étaient pas des *Trajan* et des *Marc-Aurèle*, recevaient à Rome les généraux qui faisaient triompher l'empire. Ces mêmes injustices ne sont pas sans exemple parmi les peuples. *Machiavel* a mis en parallèle l'ingratitude des peuples et l'ingratitude des princes ; et il prouve la première de ces ingratitudes par des faits très-dignes assurément d'appartenir à la seconde : mais ce que

Machiavel attribue aux peuples, n'appartient réellement qu'à ces chefs par qui, jusqu'à présent, toutes les démocraties ont été menées, égarées et déshonorées. Il ne peut y avoir dans les peuples mêmes aucun des principes d'où naissent la jalousie, la haine, et la crainte des talens et de la gloire; ce qui leur est naturel, ce sont plutôt les excès de l'enthousiasme et de la reconnaissance.

Kleber recueillit d'abord, dans les départemens de l'Ouest, ces hommages de la reconnaissance, que décerne toujours un peuple quand il suit ses premiers mouvemens; et au milieu de ces hommages même, il entendit les passions injustes qui le menaçaient déjà.

Après la victoire de Savenai, qui, ainsi que je l'ai dit, aurait réellement terminé, si on en avait profité, toutes les guerres de la Vendée, *Kleber* et *Marceau* s'étaient rendus à Nantes. Ils y étaient entrés aux acclamations de toute la ville; et la société populaire, qui rouvrait ses séances, depuis long-temps interrompues, voulut donner, dans la première, une fête aux généraux vainqueurs. Dans ces fêtes il y a toujours des discours, et des bouquets tressés en couronnes de gloire : le discours fut entendu sans d'autres interruptions que celles des applaudissemens : mais quand la couronne de laurier descendit sur le front de *Kleber*, une voix presque étouffée par la colère, demanda la parole; c'était celle d'un représentant du peuple : *Les couronnes*, s'écria-t-il, *ne sont pas dues aux généraux; elles sont dues aux soldats, qui, seuls, gagnent les batailles.* Quoique les combats auxquels *Kleber* était accoutumé ne fussent pas ceux de la tribune, il demande à son tour la parole; il tenait la couronne à la main : *Ce ne sont pas*, dit-il, *les généraux républicains qui, presque tous, ont commencé comme moi par être* grenadiers, *qui peuvent ignorer que ce sont les soldats qui gagnent les batailles ; mais ce ne sont pas non plus les soldats de la République, parmi lesquels il y en a tant qui peuvent aspirer et arriver au commandement, qui ignorent que des milliers de bras ne gagnent les victoires que lorsqu'ils sont dirigés par une seule tête. J'ai pris la couronne pour la suspendre aux drapeaux de l'armée. Ce sont les armées, c'est-à-dire, les généraux et les soldats, qui font triompher la République.* Quelle justesse et quelle noblesse dans ces paroles si simples ! quelle mesure parfaite lorsqu'il étoit si difficile de n'avoir pas plus d'humeur que de mesure ! Très-peu d'événemens de la révolution retracent aussi bien que cette petite scène le caractère des temps où elle s'est passée ; et par-là cette anecdote devient digne de l'histoire.

Qu'on me permette ici quelques réflexions qu'elle fait naître ; qu'on me permette même de leur donner quelque étendue.

Depuis que nous avons fait tant de sacrifices à la liberté, dans les craintes que nous avons eues et que nous devions avoir pour elle, nous avons toujours confondu la puissance et la gloire militaire. J'avoue qu'il n'est pas aisé de les distinguer ; car l'une paraît toujours naître trop aisément et trop rapidement de l'autre. Je croirai cependant toujours que, dans les grandes Républiques, l'un des meilleurs moyens de détourner les ames sensibles et élevées de l'ambition d'un pouvoir illégal, c'est de les enflammer de l'ambition de la gloire ; et pour cela, il faut savoir décerner la gloire : il faut se garder de la prodiguer ; mais il faut se garder encore davantage de la refuser à ceux qui l'ont méritée, ou de la leur accorder avec défiance et mesquinerie. Il faut créer, pour la gloire, des solennités et des représentations dont l'éclat efface les insipides et fatigantes pompes du pouvoir ; il faut faire en sorte que, lorsqu'un homme grand par le génie, et un homme qui a seulement une grande place, seront en présence d'une nation, tous les regards de cette nation se portent et se fixent sur celui qui ne les attire que par son nom et par sa gloire.

Je sais bien qu'on peut vouloir réunir l'une et l'autre puissance. Je les suppose réunies l'une et l'autre dans le plus haut degré : quand celle d'une place est légitime, loin de redouter celle de la gloire, il faut la regarder comme une garantie et comme une barrière. Celui qui les réunira, à moins que la tête ne lui tourne, et que d'un grand homme il ne devienne un sot ou un fou, préférera, à coup sûr, toujours la dernière; et il ne pourra ignorer que chez une nation libre, et par conséquent attentive à ses droits et à ses intérêts, chaque empiétement, chaque usurpation dans la puissance d'une place, sera pour la puissance de la gloire une perte et une destruction.

Ces considérations spéculatives, je le confesse, ont toujours quelque chose de douteux : on donne plus de confiance à des faits positifs; et il y en a qui paraissent contraires à mon opinion.

Je soutiens que les plus célèbres l'établissent et la défendent.

On cite *César* : eh bien ! la gloire de *César* n'a jamais été un problème pour personne ; son intention d'usurper, et son usurpation même, sont encore problématiques pour beaucoup d'excellens esprits.

Le véritable destructeur de la liberté romaine, après les factions, les guerres civiles et les vices, c'est *Auguste*; et *Auguste* était à-peu-près un poltron. Dans les flatteries les plus effrontées, on ne l'a guère couronné que de la gloire militaire de ses lieutenans. Parmi ses lieutenans, celui qui avait fait la guerre avec le plus de talens et de gloire, ce fut *Agrippa*. *Agrippa*, loin d'inviter *Auguste* à des usurpations, l'exhorta, le conjura souvent d'abdiquer la puissance impériale, et de rendre la liberté à Rome. Celui qui lui persuada toujours de garder tout le pouvoir qu'il avait pris et de l'étendre, ce fut *Mécène*, autre poltron; *Mécène*, un de ces *vauriens* qui ont l'art de décorer d'esprit et de grâces des ames profondément lâches, et des vies livrées à toutes les crapules, qu'ils appellent voluptés; *Mécène*, qui aurait donné pour les orgies d'un de ses soupers de Tivoli, toute la gloire des *Fabricius* et des *Cicéron*, toutes les libertés et toutes les prospérités du genre humain. *La Fontaine* l'appelle un *galant homme :* mais *la Fontaine* est naïf, et il dit pourquoi; c'est parce que *Mécène* craignait beaucoup la mort, et qu'il l'avouait.

Je lis dans *Suétone* les projets que formait *César* pour les prospérités du peuple romain ; j'y reconnais son génie si étendu et si lumineux, son ame si élevée et si généreuse; et je reste convaincu que si son esprit, ou celui de son siècle, lui avait présenté le plan d'un gouvernement libre, d'une constitution fondée sur nos principes, préparée par un heureux et sage système d'instruction publique et d'institutions, ce grand homme eût versé des larmes devant ce plan, comme il en avait versé devant la statue d'*Alexandre*, et qu'il n'eût plus voulu vivre que pour l'exécuter. Alors *Brutus* ne l'aurait pas poignardé; il l'aurait défendu contre tous les poignards : car l'aristocratie, qui s'appelait elle-même *la liberté*, aurait toujours aiguisé les siens.

Parmi tous ces empereurs romains qui ont été des prodiges de folie despotique et de scélératesse, cherchez-en un qui ait été un grand homme de guerre, qui ait joui un instant de la véritable gloire des héros : vous n'en trouverez pas un seul. *Tibère*, à la vérité, avait été, dans sa jeunesse, un assez habile capitaine : mais il ne suffit pas de s'être bien battu pour être un héros, pour avoir une gloire militaire. Celui qui, très-jeune encore, possédait cette gloire dans tout son éclat, celui qui, dans la Germanie, dans l'Égypte et dans la Syrie, avait rempli toutes les imaginations de sa grandeur héroïque, c'était *Germanicus :* et Rome fondait toutes les espérances du retour de sa liberté sur ce jeune héros, qui faisait éclater toutes les vertus civiles avec toutes les vertus militaires.

Dans cette suite de monstres qui montaient sur le trône de l'empire romain, et qui en étaient précipités, je distingue quatre ou cinq hommes qui tous méritent plus encore que *Titus* d'être appelés *les délices du genre humain.* Leur règne est celui de la liberté : elle renaît dans les délibérations du sénat et des conseils, dans les discours des orateurs, dans les écrits des philosophes, dans tous les entretiens publics et privés. La vraie démocratie respire plus encore dans le génie de ces princes absolus, que dans les harangues turbulentes des tribuns de la République ; on voit à chaque instant qu'ils veulent l'établir dans la nature même du Gouvernement, et qu'ils ne sont arrêtés, dans ce magnanime dessein, que parce que la vraie théorie sociale n'existait pas encore, et qu'il était impossible d'exécuter rien de semblable ou d'approchant, avec les débris usés d'une aristocratie ty-rannique, d'une démocratie insensée, et d'un pouvoir

impérial

impérial obligé de s'étendre sur vingt ou trente grandes nations.

Eh bien! ces empereurs démocrates par toutes leurs pensées, par tous leurs sentimens, par tous leurs actes, ce sont *Trajan*, *Marc-Aurèle*, *Julien*, les seuls précisément, de tous les successeurs de *César*, dont l'histoire ait pu comparer les actes militaires et l'héroïsme à ceux de *César* même et d'*Alexandre*.

Si je m'arrête un instant sur l'histoire de la monarchie française, que j'aurais tant de raisons de vouloir franchir, je trouverai les noms de *Charlemagne*, de *S. Louis*, de *Louis XII*, de *François I.er*, de *Henri IV*, qui rappellent en foule des expéditions héroïques et des souvenirs de gloire militaire.

Ce qu'ils rappellent encore, c'est que *Charlemagne*, qui, au fond, n'était qu'un barbare sublime, donna à son empire, plus étendu que notre République, une constitution par laquelle un peuple, esclave avant son règne, était appelé à la confection des lois;

C'est que *S. Louis*, dont les vertus vraiment adorables feraient croire à l'athée même qu'il est une sainteté, s'occupait incessamment à faire naître dans l'ame des peuples le sentiment de la liberté et d'une dignité nationale; à réprimer l'insolence naturelle à tous les grands pouvoirs; à faire rentrer dans des limites très-étroites le despotisme de ces pontifes de Rome qui lui parlaient pourtant au nom de Dieu; à se servir enfin de tout ce que son génie et son siècle pouvaient lui prêter de lumières, pour réunir à la gloire d'un saint et d'un héros, celle d'un législateur;

C'est que *Louis XII*, nourri dans les factions, y apprit à redouter les factions, mais plus encore le pouvoir

F

absolu et militaire ; qu'il n'oublia jamais ces leçons lorsqu'il fut sur le trône ; qu'il ordonna à des magistratures
populaires de désobéir aux lois qui auraient été sur-
prises au trône par ces hommes corrompus et corrupteurs
qui entourent tous les grands pouvoirs ; et qu'après un
règne trop souvent occupé à des conquêtes, il laissa dans
la France et dans l'Europe, une idée plus distincte et
plus haute des devoirs de ceux qui commandent sur la
terre, et des droits de ceux qui obéissent ;

C'est que *François I.er* défendit souvent les limites de
son pouvoir contre des chanceliers et des ministres qui
les renversaient toujours ; qu'on le vit préférer constamment les fatigues et la gloire des belles actions, au
vain éclat et aux jouissances du trône ; qu'il ne put
jamais se résoudre à se renfermer au milieu des idolâ-
tries de sa cour, qu'après qu'il y eut appelé tout ce
qui, dans la France, pensait avec indépendance et
s'exprimait avec talent ;

C'est que *Henri IV,* qu'on est toujours tenté d'appeler
un bon citoyen, plus encore qu'un bon roi, défendit
constamment, contre ses courtisans, et même contre
ses maîtresses, *Sully* qui défendait les peuples ; qu'il
conçut le premier et érigea en lois ces principes de la
liberté du commerce, de l'agriculture et de tous les
travaux de l'industrie, si propres à conduire une nation
aux principes de la liberté politique ; qu'il médita enfin
pendant douze ans, qu'il prépara par des chefs-d'œuvre
de négociations, et qu'il allait exécuter à la tête des
armées, sans le poignard de *Ravaillac,* le plan d'une
République de l'Europe, destiné à faire jouir à jamais
les hommes de leurs droits naturels, les nations de la
paix, et les puissances d'une garantie rendue certaine

par un partage mieux pondéré de leurs possessions et de leurs forces.

Remarquons qu'entre ces cinq rois, tous grands guerriers, les plus grands, sans aucun doute, sont le premier et le dernier, *Charlemagne* et *Henri IV*; et ils sont aussi ceux qui ont eu les conceptions les plus législatives et les plus populaires.

Entre le très-petit nombre d'hommes de guerre qui, dans l'Europe moderne, ont mérité, très-jeunes encore, ce titre brillant de héros, il en est un qui a, peut-être, dans sa physionomie, quelque chose de plus éclatant que tous les autres : c'est un roi de Suède; et ce n'est pas *Charles XII*; c'est *Gustave Adolphe*.

Je ne regarde pas comme des preuves irrécusables de son respect et de son amour pour la liberté des peuples, ces manifestes par lesquels, après plusieurs victoires déjà remportées sur l'Oder et dans la Saxe, il protestait, aux peuples et aux princes de l'empire, qu'il n'avait pris les armes que pour défendre leurs droits et pour châtier les usurpations de *Ferdinand*.

Ces protestations, on les fait toujours, et c'est très-rarement qu'elles sont sincères.

Mais avant son départ de la Suède, observez la conduite de *Gustave Adolphe* dans son royaume, qui a toujours eu une constitution, et quelquefois une liberté réelle. Quelle sagesse dans ses actes ! quelle simplicité et quelle sincérité dans ses discours ! Rien n'annonce encore un héros, et tout annonce déjà un ami des hommes, et un grand homme. Cherchez et lisez le discours qu'il prononça, au milieu des états, au moment qu'il partit et qu'il se mettait à la tête de son armée. Il a l'air d'être à genoux devant la statue de la liberté,

F 2

de l'embrasser en l'arrosant de ses larmes, de lui jurer que c'est pour étendre et pour éterniser son culte qu'il va ébranler un instant le monde.

Est-ce ce héros qui aurait anéanti la liberté de la Suède! Celui qui l'a anéantie de nos jours, a-t-il été un héros!

On fait beaucoup de bruit des exemples de *Cromwel* et de *Monck.*

Je ne parlerai pas de *Monck :* il est trop infame; il était trop lâche même pour être un usurpateur : il n'a été qu'un mauvais soldat devenu traître. Si la trahison de *Monck* n'avait pas eu plus de suite que celle de *Willot,* on n'aurait pas plus parlé de l'un qu'on ne parlera dans quelque temps de l'autre.

Pour *Cromwel,* c'est autre chose. On peut dire de lui ce que disait un gendarme d'un voleur qui faisait son métier avec une grande force de corps et une grande audace : *Oh ! celui-là ce n'est pas un polisson.*

Mais il est des observations qu'il faut faire.

J'observerai d'abord que quoique, dans les guerres civiles, *Cromwel* ait commandé les armées avec beaucoup d'intrépidité, d'habileté et de succès, *Cromwel* ne peut être nommé cependant ni comme un héros, ni comme un grand homme de guerre. On ne s'est jamais avisé de rapprocher son nom du nom des *Malborough* et des *Eugène;* il ressemble davantage, dans sa manière de combattre, à ces pontifes guerriers, à ces califes qui étendaient le fanatisme musulman par le sabre et par les prédications.

Quant à son usurpation, elle fut trop réelle sans doute; mais ceux qui lisent l'histoire dans l'histoire même, et non dans les déclamations des partis et des rhéteurs, observent encore sur cette usurpation :

1.º Que *Cromwel* arracha les pouvoirs de la république
anglaise des mains d'une foule d'insensés plus propres à
figurer dans les grimaces d'une synagogue que dans les
délibérations d'un conseil législatif et exécutif;

2.º Qu'il avait bien le talent d'administrer avec force
et grandeur, mais qu'il était profondément incapable de
concevoir une constitution dans laquelle ce qui est nécessaire à la liberté, et ce qui est nécessaire à l'ordre social,
auraient été établis et soutenus l'un par l'autre;

3.º Qu'à cette époque, tous les esprits, en Angleterre, étaient tellement pervertis et égarés par toutes les
folies religieuses et par toutes les folies politiques, que
l'unité temporaire de pouvoir et de force y était devenue
aussi absolument nécessaire que dans un hôpital de
fous;

4.º Que le titre de PROTECTEUR, sous lequel il gou-
verna despotiquement, aurait été bien mal-adroitement
choisi par lui, qui n'a jamais été accusé de mal-adresse,
s'il n'avait voulu que couvrir et éterniser son usurpation; que par ce titre la république était avertie, toutes
les fois qu'on le prononçait, qu'elle n'était point
anéantie, qu'elle était seulement en réserve et comme
en séquestre et en tutelle, jusqu'au moment où la
nation, sortie de son enfance ou guérie de sa dé-
mence, serait en état d'exercer elle-même ses droits et
ses pouvoirs;

5.º Qu'il n'entoura pas son pouvoir d'une seule institution, d'un seul cérémonial qui fût propre à éteindre
l'esprit républicain; que dans ses actes tyranniques,
assez peu nombreux, et portant tous sur quelques indi-
vidus, aucun sur la nation, on voit un pouvoir qui est sur
la défensive, plutôt qu'un pouvoir qui est sur l'offensive;

F 3

6.º Qu'enfin il prit les moyens les plus efficaces pour préparer et pour étendre la gloire et les prospérités de l'Angleterre, et ne prit aucun moyen qui fût capable de perpétuer son pouvoir dans sa maison.

J'ajouterai à toutes ces observations, qu'en supposant au fils de *Cromwel*, à *Richard*, autant de vertus publiques qu'il en eut de privées, il ne lui aurait pas été impossible, avant d'abdiquer, de redresser la république et de l'organiser sur des principes et sur des pouvoirs que les traîtres et les usurpateurs n'auraient pas aisément envahis.

Un prince *de Conti*, je crois, traitait *Richard* de *misérable*, parce que *Richard* ne s'était pas *obstiné* à gouverner; parce qu'il n'avait pas été aussi ambitieux et aussi malheureux que son père.

Richard, qui a obtenu la réputation d'un sage, aurait mérité et obtenu la gloire d'un grand homme, si, en rendant à la nation tous les pouvoirs que son père n'avait pris que sous le titre d'un dépôt, il avait entouré la république de lois, de forces et d'institutions capables de la défendre contre tous les prétendans et tous les ambitieux.

Richard ne remit pas seulement les pouvoirs de *Cromwel* à la nation anglaise ; ce qui n'aurait mérité que des grâces et une gloire immortelle ; il les laissa tomber plutôt entre les mains des traîtres et des rois : et c'est pour cela que d'autres que le prince *de Conti* pourraient, peut-être, appeler *Richard un misérable*, malgré ses vertus privées et le bonheur de toute sa vie.

S'il y a jamais eu en Angleterre deux hommes qui aient eu à un très-haut degré, et ce génie de la guerre, et cette gloire, cet éclat des héros, qu'on nous peint comme si dangereux pour la liberté, ce sont bien *Guillaume*, prince d'Orange, et *Malborough*.

Lorsqu'il n'était encore que simple stathouder de Hollande, *Guillaume* sut inspirer à l'Europe des passions, il sut lui imprimer des mouvemens qui armèrent toutes les puissances contre la monarchie française: il arrêta l'ambition de *Louis XIV;* il en humilia l'orgueil. Souvent vaincu à la tête des armées, il y parut toujours grand; ce qui est si difficile dans de fréquens revers, et ce qui n'est, peut-être, jamais arrivé qu'à *Coligni* et à lui. Quoique appelé au trône d'Angleterre par un parti assez nombreux pour être réputé la nation, il fut réellement obligé de conquérir ce trône; car il fut contraint de le défendre, à plusieurs reprises, contre les armemens formidables de *Louis XIV*, qui s'opiniâtrait à y replacer ce *Jacques II*, beaucoup plus fait pour guérir les écrouelles à Paris que pour régner à Londres.

Eh bien ! ce *Guillaume*, si habile dans l'art de faire servir toutes les forces de l'Europe à l'exécution de ses desseins, ce roi qui pouvait être si fier d'avoir défendu son titre et son trône par des victoires, il a consacré sa gloire, il a honoré sur-tout son caractère par son respect profond et sincère pour les statuts et pour la liberté de l'Angleterre: appelé au trône par les *Whigs*, il resta toujours attaché et fidelle au parti le plus passionné pour la liberté; il fut toujours un *Whig*, alors même qu'il fut un roi.

On sait qu'on l'a appelé le stathouder d'Angleterre, et le roi de la Hollande.

Je ne crois pas que ce soient là un éloge et un reproche; je crois que ce sont deux éloges.

Dans les sept Provinces-Unies, où il y avait autant de souverainetés que de provinces, et même que de

F 4

villes, la main la plus ferme et la plus vigoureuse était nécessaire pour tenir liées ensemble tant de parties indépendantes, toujours prêtes à se séparer et à se diviser : en Angleterre, au contraire, où avec plusieurs pouvoirs il n'y avait qu'une seule souveraineté, où toutes les parties de la nation étaient liées entre elles par un esprit national avant de l'être par l'action du Gouvernement, la main du pouvoir pouvait y être, sans les mêmes dangers, douce, facile et légère.

Dans ces différences de la manière de gouverner de *Guillaume* en Hollande et en Angleterre, je reconnais cette profondeur d'esprit qui pénètre la nature des choses et démêle leurs différences ; j'y reconnais l'élève de *Jean de Wit*, de ce modèle des républicains et des magistrats, qui était lui-même disciple de *Descartes*.

Malborough était, comme *Guillaume*, du parti des *Whigs* ; et quoiqu'on soit souvent du parti le plus indépendant, par ambition du pouvoir autant que par amour pour la liberté, on ne peut douter cependant qu'au faîte même de la gloire militaire et au milieu de tous les trésors de la fortune, la liberté de son pays n'ait été chère et nécessaire au cœur de *Malborough*.

Après la bataille d'Hochstet et après ses campagnes de Flandre, le nom de *Malborough*, au dessus des noms de tous les rois, était le premier de l'Europe : mais sa grandeur personnelle ne lui suffisait pas ; il lui fallait la grandeur et la liberté de sa patrie.

Que ce beau sentiment de l'amour de la patrie ait été inséparable, dans *Malborough*, de sa passion pour la gloire, on n'en doit pas être surpris : mais ce sentiment conserva toute son énergie à côté d'une autre passion dont *Malborough* était aussi dévoré, l'avarice ; voilà ce qui peut étonner, et ce qui prouve combien étaient profonds, dans ce héros, les principes et les sentimens d'un homme libre.

Ce que j'avais établi par des considérations sur le cœur humain, je l'ai assez bien prouvé, ce me semble, par un grand nombre de faits pris dans des siècles, dans des pays et dans des gouvernemens très-différens.

J'ai fait grâce de l'histoire de la Grèce, de tous les pays de la terre celui où l'on a vu le plus souvent ensemble une grande gloire militaire et un respect religieux pour la liberté du peuple, tout l'éclat des héros et toutes les vertus des citoyens.

On a pu remarquer encore que je n'ai pas choisi mes exemples dans des pays et dans des siècles où les mœurs générales, où de longues et profondes habitudes de soumission à la liberté publique et aux lois, ne permettaient pas même de concevoir l'idée d'une usurpation.

Ce n'est point ce qui n'a pas besoin de preuves que j'ai voulu prouver; je me suis jeté, dès l'abord, au milieu des plus grandes difficultés de mon opinion.

En faisant rapidement cette espèce de revue du corps d'histoire, j'y cherchais un seul nom célèbre qui fût celui d'un homme qui eût été à-la-fois, au jugement des nations un peu éclairées, un vrai héros et un destructeur des lois et des droits de son pays. Si je l'avais rencontré, je n'aurais pas craint la force d'une exception contre ce qui paraît universel. Je n'affirme point que ce nom n'existe pas; mais il ne s'est pas présenté à ma mémoire, qui a pourtant un peu l'usage de disposer des souvenirs de ce genre.

Je me suis enhardi dans cet examen à mesure que je le faisais; et je pose comme une vérité générale du cœur humain et de tout le corps de l'histoire, que les usurpateurs ne sont jamais des héros, que les héros ne sont jamais usurpateurs ; et qu'une des plus sûres garanties contre la tyrannie militaire, est une grande gloire militaire attachée au nom de celui qui, dans un pays libre, est revêtu de la première magistrature.

On comprend de reste, et je n'ai pas envie de le dissimuler; on comprend que je n'ai cherché avec tant de curiosité et d'intérêt les preuves de cette *vérité générale*, que parce qu'elle a plus d'un rapport avec la situation de notre République, et avec les garanties, je ne dis pas de son existence, mais de sa tranquille existence et de ses prospérités prochaines.

On sème de toute part les inquiétudes ; et je cherche à les étouffer, parce que ce sont ces inquiétudes que je crois INSENSÉES, et non pas notre sécurité.

Quand un grand homme est seul avec sa gloire, les ames dignes de la sienne, sont les seules qui s'empressent de l'approcher et de l'honorer. A-t-il un grand pouvoir ! les êtres les plus vils et les plus infames glissent en rampant jusqu'à lui, et environnent son pouvoir de leurs adulations et de leurs suggestions criminelles, avec la même audace qu'ils ont poursuivi autrefois sa gloire de leurs calomnies. Sa gloire, ils ne peuvent que la redouter ; mais son pouvoir, ils espèrent s'en servir : s'ils pouvaient le rendre usurpateur, ils n'en seraient plus seulement les agens, mais les complices ; et ils croiraient qu'un pouvoir souillé par eux, leur appartient.

C'est de ces hommes, qu'on ne peut voir sans lire sur leurs fronts ces traits creusés à une si grande profondeur, ces immortelles flétrissures gravées par *Tacite* sur le front de tous les hommes qui sont auprès d'un

grand pouvoir les accusateurs de la vertu et les dénon-
ciateurs des peuples ; c'est de ces TIGELLINUS et de ces
SILICUS de nos jours, que nous viennent nos inquiétudes ;
élles ne nous viennent pas d'un héros, de sa gloire et
de son pouvoir. Quand on s'approche de son ame, on
s'assure qu'elle sent, qu'elle pense, et qu'elle veut toujours agir en présence des nations, de la postérité et
de l'histoire ; qu'elle comprend à merveille que sa grandeur est attachée, non à des titres et aux valets qui les
encensent, mais à la grandeur de l'espèce humaine, et
à ce qu'il peut faire pour la liberté et pour le bonheur
de tant de peuples, par les moyens que lui confie sa
magistrature, l'autorité la plus légitime de la terre, par
son titre, et la plus grande de toutes les puissances, par
ses forces.

(7) Lorsque les préliminaires de Léoben lui firent croire
que la paix du continent était faite, ou qu'elle allait
se faire, *Desaix* demandait à tous les officiers de ma-
rine, combien de temps il faudrait pour faire d'un officier
de terre, de son âge, un officier de mer. Il avait réellement le désir et le projet de servir la République contre
d'autres ennemis et sur un autre élément. Pour y réussir,
Desaix était capable de faire quelque chose de semblable
à ce que fit le czar *Pierre*, lorsqu'il entra comme tambour
dans un des régimens de l'empire dont il était empereur :
on peut croire que les progrès de *Desaix* auraient été plus
rapides ; il était naturel qu'il eût plus de flexibilité dans
l'esprit, et plus de facilité que ce czar, qui avait tous
les germes d'un grand homme, mais qui, à vingt
ans passés, n'était pourtant encore qu'un russe et un
barbare.

La facilité et la flexibilité étaient les principaux attributs de l'esprit de *Desaix* : il étudiait avec passion son métier ; mais dans les camps même et presque sur les champs de bataille, il faisait d'autres études encore, et toutes s'entr'aidaient loin de s'embarrasser et de se nuire. Ses aides-de-camp ont quelques-unes de ses cartes militaires ; elles sont couvertes de faits recueillis, d'observations sur la population, la culture, l'industrie, le commerce, les pouvoirs civils, politiques et religieux de tous les pays dont elles marquent les noms, les routes, les fleuves et les distances. Ce seraient les meilleurs matériaux, peut-être, pour des traités statistiques des pays où il faisait la guerre.

De pareilles études sont, sans aucun doute, les meilleures, et peut-être, elles sont les seules nécessaires et bonnes pour des missions diplomatiques. C'est parce que les études de *Desaix*, en ce genre, étaient connues, que tous les généraux en chef, *Moreau, Bonaparte, Kleber,* l'ont employé à des missions diplomatiques en Allemagne, en Italie, en Égypte.

Son caractère était aussi propre à ces missions que son esprit. Il méprisait la finesse ; il n'en avait ni ne voulait en avoir aucune ; et il avait beaucoup de dextérité et de droiture. Ceux avec qui il traitait, étaient d'abord sûrs qu'il ne tendrait aucun piége et qu'il ne donnerait jamais dans aucun. Il fallait donc, avec lui, ou tout rompre à l'instant, ou traiter comme il traitait lui-même, avec bonne-foi et candeur. Quand on négocie ainsi, les négociations se terminent vite, et elles se terminent bien pour tout le monde. Il est vrai qu'il faut renoncer à l'importance et à la gloire de ces longs articles savamment équivoques, de ces réserves visibles à-la-fois et invisibles, de tous ces mystères dans lesquels les fripons politiques s'enveloppent comme les voleurs dans les ténèbres. Mais renoncer à toutes ces belles choses, c'est renoncer, on le sait assez, à ce qui a été réellement l'opprobre des puissances, le tourment des cabinets, et la cause la plus féconde des guerres qui ont ravagé l'Europe.

L'Europe moderne se vante beaucoup de sa diplomatie; elle en a une en effet, et le reste du monde n'en a pas. C'est un progrès; mais comme en était un cette scolastique qui devait conduire l'Europe à la méthode de *Descartes* et à la philosophie de *Galilée*; c'est-à-dire que nous ne serons sûrs qu'elle a été un bien, que lorsqu'elle sera détruite, que lorsqu'elle aura fait place à une diplomatie fondée sur d'autres principes de *balance*, et sur-tout sur une autre morale.

Jusqu'à présent tout ce génie diplomatique, tant célébré, a consisté à bien distinguer ce qu'on pourra prendre et se faire céder, de ce qu'on sera obligé de laisser et de rendre. Voilà toute la merveille des opérations tant prônées des *Richelieu*, des *Mazarin*, des *Davaux* même et des *Oxenstiern*, qui tous cependant, sans en excepter *Mazarin*, malgré sa finesse, avaient beaucoup d'esprit, connaissaient les affaires, et y portaient une application continue. Eh bien! il n'y a peut-être pas de foires de Leipsik et d'Avignon, il n'y a pas un grand *marché* de commerce en Europe, où les plus petits marchands ne déploient, pour les intérêts de leurs boutiques et de leurs magasins, autant de sagacité et de vues, autant d'action de toutes les facultés intellectuelles, qu'on peut en déployer, avec cette espèce de diplomatie, pour les intérêts de l'Europe. De part et d'autre, c'est-à-dire, dans

les marchands et dans les diplomates, les intérêts qu'on cal-
cule et qu'on balance sont presque aussi rétrécis que des
intérêts personnels, et ils en ont tous les autres caractères.

On a dit que RICHELIEU A ABAISSÉ LA MAISON
D'AUTRICHE, QUI VOULAIT ENVAHIR L'EUROPE. Ce
seroit-là un autre mérite et une autre gloire.

Je ne suis pas très-sûr de ce que la maison d'Autriche
a voulu ; mais je sais assez bien ce que *Richelieu* a fait : et
quand on rapproche cette phrase d'académie, de la vérité
de l'histoire, on ne peut assez s'étonner de la phrase. A
sa réception à l'académie française, *Montesquieu* n'a
point répété cette phrase ; il l'a corrigée : suivant son
usage, par une de ces formes ingénieuses qui semblaient
n'être que des tournures et des manières, il a réduit
l'éloge à ce qu'il pouvait avoir de vrai.

La maison d'Autriche était *abaissée*, ou, pour parler
plus exactement, *affaiblie*, long-temps avant que *Richelieu*
parût dans le monde et figurât dans l'Europe : elle avait
été affaiblie par les efforts même et par les complots de
Charles - Quint pour l'agrandir outre mesure, pour la
faire, sinon régner, au moins dominer sur toute l'Europe ; elle avait été affaiblie par le luthérianisme, qui ne
se montra d'abord que comme une secte religieuse, et
qui, à l'instant où on voulut l'étouffer, devint une
coalition de puissances : elle avait été affaiblie par le partage qu'avait fait *Charles-Quint* de ses états, entre son
fils et son frère ; et elle l'eût été bien davantage encore,
selon toute apparence, si tous les états de *Charles-Quint*
avaient pesé long-temps sur la même tête et dans la même
main : elle avait été affaiblie, dans la branche d'Espagne, par
sa flotte invincible, par les folies atroces de *Philippe II*,
du duc *d'Albe* et du cardinal *de Granville*, par l'or et par

l'argent du Mexique et du Pérou, qui, en traversant seulement l'Espagne, y avaient desséché si rapidement, et sans retour, toutes les sources des richesses naturelles au sol et au génie des Espagnols.

Ce que la maison d'Autriche perdit par la guerre de *trente ans*, elle l'avait déjà perdu avant, à très-peu de chose près : et cette guerre, ce ne fut pas *Richelieu* qui l'alluma ; ce ne fut pas lui qui la dirigea avec le plus de succès et de gloire ; ce ne fut pas lui qui la termina ; il la nourrit de quelques subsides, mais très-mesquinement. Le génie de *Gustave Adolphe*, transmis, pour la partie diplomatique, à *Oxenstiern*, et pour la guerre, à ses généraux, eut une bien toute autre influence et sur la guerre de trente ans, et sur le traité de Westphalie.

Il est établi par tous les faits qu'aucun des grands changemens survenus dans les rapports et dans la situation des nations et des puissances de l'Europe, n'a été le résultat de quelques conceptions et de quelques négociations diplomatiques : tous les changemens considérables ont eu pour cause, dans l'Europe moderne, des révolutions dans les croyances religieuses, et dans les opinions des peuples sur les principes et sur les titres des gouvernemens.

Ce que ces révolutions ont opéré, les diplomates l'ont signé ; mais c'est toute la part qu'ils y ont eue.

Il y a eu en Europe, sur des trônes et autour des trônes, où il n'est pas absolument impossible de rêver au bonheur de l'humanité, quatre ou cinq de ces ames sublimes pour lesquelles ce bonheur est le premier même de leurs intérêts personnels ; elles ont pensé sérieusement et réellement à substituer dans l'Europe, à cette diplomatie qui, de concert avec le fer et le feu, se dispute des lopins de terre et des branches de commerce, une diplomatie digne

de cette partie du monde éclairée par un génie et par un
art de penser inconnus aux autres parties du globe et aux
autres siècles; une diplomatie dont le but serait de concevoir, de préparer et d'exécuter, avec le secours des
générations successives, un nouveau plan de relations
sociales pour toutes les nations et pour toutes les puissances liées entre elles par des relations nécessaires; un
plan dans lequel l'ambition même des puissances serait
plutôt flattée que mortifiée, et par lequel cependant les
limites une fois marquées de nouveau à tous les peuples,
ne pourraient plus être changées ni remuées pour aucun;
un plan après lequel les vœux de l'ambition des gouvernemens seraient pour jamais étouffés, et les vœux pour le
bonheur des peuples toujours exaucés ou essayés; un plan
enfin après lequel les puissances n'auraient plus à négocier
pour de petits intérêts d'état, et auraient toujours à négocier pour les grands intérêts du genre humain.

Cette diplomatie si nouvelle, si elle n'avait été conçue
et approuvée que par quatre ou cinq philosophes, serait un
rêve et une chimère; mais le plan en a été conçu par
Henri IV, rédigé par *Sully*, adopté par *Élisabeth*; il a
reparu depuis dans plusieurs expressions de *Gustave
Adolphe* et d'*Oxenstiern* : lorsque tant de têtes couron-
nées et des négociateurs si renommés le défendent suffi-
samment du ridicule, de bons esprits peuvent se hasarder
à le trouver sublime et sensé.

Si *Desaix* l'avait aperçu dans les cabinets de l'Europe,
il n'eût pas songé à passer des drapeaux de la République sous ses pavillons; il eût songé à entrer dans la
carrière de la diplomatie, où il était appelé par des
lumières déjà acquises, et où il eût vu un plus grand
bien à faire.

Rien

Rien n'est plus digne de *Bonaparte*, que de ressus-
citer, pour le perfectionner, ce plan de *Henri IV*,
de *Sully*, d'*Elisabeth* et de *Gustave-Adolphe*. Cette
conception de quelques rois est tout-à-fait dans le bon
génie de la République : les ébranlemens qui agitent
l'Europe et qui remuent tous les états sur leurs fonde-
mens et sur leurs bornes, donnent aujourd'hui de grandes
facilités pour son exécution ; l'esprit de modération et de
justice qu'à signalé *Bonaparte* avant et après nos dernières
victoires, en donnera de plus grandes encore : il fera croire
aisément que de même que *Henri IV*, *Bonaparte* ne
demandera pour la France, dans ses transactions pour
la paix et pour le bonheur du monde, que ce bonheur
même et cette paix.

Il ne faut pas s'imaginer non plus que le premier
magistrat de la République française, chercherait en vain,
parmi les puissances monarchiques de l'Europe, des ames
capables d'entrer dans ce magnanime dessein.

Il s'en est déja trouvé ; pourquoi ne s'en trouverait-il
pas encore !

Le peu de bien qu'on espère des hommes est souvent
l'unique cause du peu qu'on en obtient. L'incrédulité
aux choses grandes et belles, c'est-à-dire, d'une utilité
universelle, est souvent leur seule impossibilité : on
commence par dire, *cela est impossible*, pour se dispen-
ser de le tenter ; et cela devient impossible en effet,
puisqu'on ne le tente pas.

De nos jours même il y a eu, et sans doute il y a
encore, parmi les princes, des hommes assez indépendans
de leur propre puissance, pour entrer avec un grand
citoyen du monde dans cette conjuration en faveur de
l'espèce humaine.

G

En observant avec attention les actes des règnes de *Joseph II* et de son frère *Léopold*, on s'assure que ces deux empereurs avaient senti que la première grandeur et les premières jouissances du pouvoir, ne sont pas celles du pouvoir même; ils y cherchaient un instrument de bonheur et de gloire, plutôt que leur gloire même et leur bonheur. Sans doute cette manière de sentir n'a pas dirigé tous les instans et toute la durée de leurs règnes; mais qui les a compris! qui les a aidés et encouragés dans ce premier essor sur-tout de leur ame, dans ces premiers momens d'un règne, les seuls momens, presque toujours, où la nature parle avec une grande force à ceux qui semblent se séparer à jamais d'elle en montant sur des trônes! Tant que ces deux princes ont travaillé à diminuer le nombre des préjugés des hommes et des maux de la nature, *Joseph* a passé pour un *fou*, *Léopold* pour un *économiste;* et on ne les a loués, on n'a commencé à croire qu'ils savaient être empereurs, que lorsque, de guerre lasse, ils sont devenus des princes comme tous les autres.

Il y a aujourd'hui en Europe un autre empereur d'un autre empire, à qui, depuis qu'il règne, la Renommée, qui a, dit-on, cent voix, a fait cent réputations différentes. Ce qui commence à paraître certain, c'est que ses courtisans n'ont sur lui aucun pouvoir, et que la morale en a un très-grand. Combien, dans le période de civilisation où sont les Russes, et avec la place que la Russie occupe sur le globe, il serait aisé à *Paul I.er*, en se concertant avec le premier magistrat de la France, d'exécuter la plus grande partie des desseins qui ont été si chers à sa mère, et d'en exécuter encore dont la conception ne serait qu'à lui, dont la gloire effacerait aûtant celle du czar *Pierre*, que l'éclat d'un beau jour du ciel de la Grèce efface l'éclat d'une aurore boréale !

Le malheur produit quelquefois les mêmes effets que le génie ; il éclaire.

Une autre maison régnante de l'Europe fixe beaucoup, en ce moment, les regards de ceux qui observent les maladies politiques des peuples, et qui en cherchent les remèdes, comme s'ils pouvaient quelque chose pour les guérir. Les chefs de cette maison, lorsqu'ils ont commencé à régner, ont appelé tous les cœurs ; et ils les ont attirés. Ils ne s'emprisonnaient pas dans les représentations et dans les étiquettes de leur pouvoir : les goûts de la nature avaient plus de force chez eux que les vanités et les habitudes de leur rang ; c'était la nature qu'ils cherchaient dans leurs devoirs, dans leurs jeux, et quelquefois même, dit-on, dans leurs passions. On leur obéissait et on les aimait. De grands événemens politiques, qui éclataient très-loin d'eux, mais qui touchaient de très-près aux sentimens de leurs cœurs, y ont porté des desirs naturels de vengeance qu'il fallait sacrifier, et qui ont été écoutés. Des conseils furieux, dictés par d'autres intérêts que les leurs, ont prévalu sur des conseils sages, qui ont eu aussi pourtant leur moment d'empire. On n'a plus entendu parler que de cachots, d'échafauds et de sang ; plus on a voulu écarter les dangers par la terreur, et plus la terreur a multiplié les dangers. Enfin, telles sont aujourd'hui, dans ce pays, la situation des choses et les passions des hommes, qu'avec une médiocre connaissance du cœur humain et de l'histoire, on peut affirmer qu'il est impossible que cette maison reprenne jamais et tienne avec sécurité et tranquillité, aux mêmes conditions, les rênes d'un gouvernement que l'Europe travaille à rétablir.

Je sais qu'on ne croira pas à cette impossibilité; qu'on appellera ma prédiction, une prophétie, pour s'en moquer; et qu'enfin ce ne sera que sur mon tombeau, probablement, et sur le leur, qu'on écrira un jour que j'avais raison.

Puisque je suis en train de prédire, je vais faire une autre prédiction; je suis loin d'imaginer qu'on veuille mettre celle-ci à l'épreuve de l'expérience, comme l'autre.

Ceux qui rêvent toujours au bien, savent parfaitement combien ils sont méprisés par ceux qui n'y rêvent jamais; mais quand les réalités de ceux qui se croient si solides, produisent si rarement autre chose que des crimes et des malheurs, on cherche à sortir, de quelque manière, de ce monde réel où le désespoir est le seul héritage que les générations se transmettent.

Je suppose donc que cette même maison régnante, soutenue des garanties qu'elle pourrait trouver en France et ailleurs, passe, avec les opinions qui la poursuivent et qu'elle poursuit, une transaction dont il serait facile de trouver les conditions et de rédiger les articles; et je dis que, si la transaction était conçue convenablement pour toutes les parties et signée de bonne foi, cette maison régnerait encore dans toute la force de ce mot; que le mot lui resterait comme la chose; et qu'elle transmettrait à toute sa postérité une autorité consacrée, dans sa restauration, par la liberté même, proclamée par les bénédictions de ceux qui lui rendraient foi et obéissance.

Encore un coup, ces vœux que je forme ne sont pas des espérances; mais je sais aussi combien de sang et de larmes couleront encore, lorsque cette maison emploiera d'autres mesures qui ne lui réussiront pas.

De toutes les puissances de l'Europe, celle qui préside aux destinées de la Grande-Bretagne, semble devoir être la moins disposée de toutes à conspirer, avec la France, pour rendre la vie sociale meilleure à toutes les nations. Du fond de leur île, qui les sépare du reste du globe, l'ambition des Anglais s'étend sur toute la terre, et leurs affections d'humanité semblent être concentrées dans leur île même. On dirait que, pour les Anglais, il n'y a d'hommes que les Anglais.

Cet égoïsme national dont les deux mondes les accusent, et qui, à mes yeux, donnerait des limites aussi étroites à leur génie qu'à leurs vertus, s'il est réel, je ne le crois pas indestructible.

Je rappelle d'abord que ce nouveau génie diplomatique que j'évoque du fond du tombeau d'un roi de France, fut aussi celui d'une reine d'Angleterre.

Je rappelle ensuite qu'à l'époque où des ennemis nombreux et victorieux de toutes parts, pour se venger des hauteurs de *Louis XIV*, voulaient mettre en pièces la France, le cabinet de Londres, celui de tous qui disposait le plus alors de la guerre et des victoires, non-seulement, comme aujourd'hui, par son argent, mais par les forces et par les grands talens militaires, fut aussi pourtant, celui qui abjura le premier ces haines qui avaient dicté la résolution d'anéantir tout un peuple pour obtenir satisfaction d'un prince.

Je n'ai pas oublié que de petites passions, et même des caprices de femme, eurent une grande part à cette modération et à cette réconciliation dont je semble ici donner tout l'honneur au bon esprit d'une puissance.

G 3

Mais ce que des caprices et de petites passions ont pu faire dans certaines circonstances, pourquoi, dans d'autres circonstances, la passion de faire du bien à l'humanité, qui est si profonde quand elle existe, ne le ferait-elle pas!

Quelque influence d'ailleurs qu'aient eue, à l'époque dont je parle, des brouilleries de femmes pour pacifier l'Europe et pour sauver la France, cette influence n'aurait pas été assez décisive, si un génie éminemment anglais, si *Bolingbroke* ne s'était pas saisi de ce que des femmes avaient commencé, et ne l'eût pas poursuivi et achevé.

Il paraît assez constant que le génie des Anglais, lorsqu'il est brut, ne peut guère former de vœux que pour le bien de l'Angleterre; et que ce bien, peut-être, lui paraît un peu plus grand, quand le reste de la terre souffre et gémit: mais ce qui est établi par des faits plus éclatans et plus incontestables, c'est que ce même génie, alors qu'il est cultivé, alors qu'il se déploie dans les créations de la poësie et de la philosophie morale, respire l'amour de l'humanité, et embrasse tous les peuples, sans distinction et sans bornes, dans les vœux qu'il fait et dans les moyens qu'il propose pour le bonheur du monde.

Le mot de *philantrope* semble avoir été trouvé pour les poëtes et pour les moralistes anglais, pour les auteurs même de leurs romans.

C'est à ce sentiment que dans le siècle qui vient de finir, nos écrivains se sont adressés lorsqu'ils ont travaillé à éteindre les haines nationales ; et il leur a répondu: Il n'y a plus de haine nationale entre l'Angleterre et la France ; la guerre actuelle est une guerre de gouvernement à gouvernement; les deux nations y sont comme instrumens et non comme parties.

Cette vérité de fait ne peut pas être détruite par quelques faits réels, mais produits artificiellement et d'intervalle en intervalle.

Je dirai plus ; cette guerre, dans son origine, a été déterminée par une certaine violence faite aux ministres anglais les plus puissans, beaucoup par nous, mais beaucoup plus encore par les circonstances où se trouvait l'Europe, et par des convenances auxquelles leur roi n'était pas fâché d'obéir, parce qu'elles étaient très-conformes à ses dispositions personnelles. Les ministres anglais, si nous avions eu l'habileté de les mettre à couvert de tout reproche plausible, auraient soutenu à *Georges III* que la paix était impossible à rompre ; et *Georges III* aurait parlé et agi alors comme pensaient ses ministres et la nation anglaise.

Depuis, les sentimens des ministres anglais ont bien changé ; ils l'ont prouvé plus d'une fois. Nous leur avons donné une colère qui dure depuis sept ans, qui a ravagé plusieurs parties du globe, et qui leur a fait attaquer avec une égale fureur, et les principes de notre révolution, et les principes même de cette constitution anglaise nécessaire à eux-mêmes, non-seulement comme citoyens, mais comme ministres.

Mais puisque c'est une colère, quoiqu'elle ait été si longue, elle n'est pas éternelle. On en connaît de ce genre dans quelque fables, mais non dans l'histoire.

A l'instant où cette colère sera tombée, les ministres anglais, moins hommes d'affaires et plus philosophes naturellement que tous les autres ministres, par cela même qu'ils font de plus grandes affaires et qu'ils les font mieux, comprendront sans peine et avec joie que l'intérêt des trois royaumes de la Grande-Bretagne, est de concourir avec la France, à mieux disposer sur la terre, les nations, leurs rapports et leurs destinées.

Si l'Angleterre et la France se partageaient, en effet, le soin de mettre le monde dans une meilleure situation, combien cela deviendrait facile à l'étendue et à la variété de leurs moyens, et à ce qu'elles possèdent l'une et l'autre, d'hommes capables en tout genre de talens, d'arts, de sciences, d'industrie et de courage ! Que de prospérités nouvelles elles recueilleraient elles-mêmes dans ces biens qu'elles répandraient de concert sur la terre ! Et si, au contraire, chacune d'elles s'obstine à vouloir prédominer exclusivement sur le globe, quels fléaux elles vont être et pour elles-mêmes et pour le monde !

J'écarte de nouveau ces comparaisons vieillies, usées et odieuses ; ces rapprochemens de leurs noms et de leurs haines avec les haines et les noms de Carthage et de Rome. Ces comparaisons, pour avoir été répétées à l'infini, n'en sont pas devenues plus vraies. Rien ne se ressemble ni ne peut se ressembler entre ce qu'ont été Carthage et Rome l'une pour l'autre, et ce que sont encore, en ce moment, la France et l'Angleterre. C'est la facilité de faire des phrases de rhéteur, et la difficulté de se faire des idées exactes, qui font reproduire tous les jours, et dans tous les siècles, ces comparaisons qui n'ont de réel que le mal qu'elles font.

Mais si dans ce moment où la France va déployer ses forces de tous les genres, elle et l'Angleterre, au lieu de s'entendre pour exercer ensemble, sur le globe, la prééminence due à ce vrai génie de la civilisation qui crée, par son empire, et qui ne détruit pas ; si, dis-je,

l'Angleterre et la France veulent avoir chacune exclusivement cette prééminence, on peut leur annoncer la
seule vraie ressemblance qu'elles auront eue avec Carthage
et Rome ; c'est que la première des deux qui détruira
l'autre, semera dans cette première destruction même,
tous les principes d'une seconde ; de la sienne ; et qu'elle
disparaîtra bientôt elle-même de la terre, en y laissant,
au lieu de ses arts et de ses lumières , tous les vices
des civilisations corrompues et toutes les fureurs de la
barbarie des forêts.

Parmi les ministres anglais, il en est, j'en suis sûr, que
ces pressentimens troublent au moment même où ils dé-
nombrent avec orgueil, devant le parlement, leurs nouvelles conquêtes et leurs nouveaux empires de l'Asie ; il en
est qui peuvent être touchés de cet intérêt général de l'espèce humaine, qui, pour les ministres, pour les sots et
pour les fripons de plusieurs autres pays, ne serait qu'une
idée abstraite et un rêve métaphysique.

Ces mêmes ministres anglais ne seront pas fâchés de
l'occasion naturelle de faire quelques réparations à nos
principes, auxquels ils ont fait faire une guerre de plume,
qui a fait gémir la raison , autant que l'humanité gémit de
l'autre guerre. Ils ne peuvent pas croire sérieusement que
des principes trouvés dans la féodalité, soient plus purs
et plus vrais que les principes trouvés dans le siècle
des *Locke* et des *Montesquieu*. Cela se dit sans rougir
en temps de guerre, comme on tue sans remords des
ennemis : en temps de paix on a horreur d'un blasphème contre la raison humaine, comme on a horreur
des meurtres, qui ne peuvent plus être que des assas-
sinats.

Quel avenir ces vues d'une justice et d'une bienfaisance

universelle, ouvrent devant un prémier Consul de la
République française, si grand sans sa place même,
et si jeune encore ! Il trouvera dans la France, des
hommes dignes de le servir dans leur exécution. Hélas !
on le sait, la révolution a trop détruit de ces hommes-
là ; mais ce qu'on sait peut-être autant, et qu'on dit
moins, elle en a aussi beaucoup formé. Les grands
événemens sont la grande école du genre humain ; et
plus ils sont terribles, plus les génies qu'ils forment
sont éclairés et puissans. Les événemens passés dans
le monde avant que nous y fussions arrivés, ne sont
pour nous que des livres ; et je suis de l'avis de *Mon-
tagne* et de *Fergusson* : c'est un savoir de peu d'usage,
qu'un savoir purement LIVRESQUE. Je voudrais que
pour toutes les missions de la nouvelle diplomatie, on
cherchât des hommes qui eussent étudié à fond les
affaires, les correspondances et les traités de l'ancienne;
mais qui eussent en même temps un cœur et un esprit assez
droits pour mépriser tout cela profondément, et pour ne
laisser deviner ce mépris qu'à mesure qu'ils le feraient pénétrer dans les autres. La première place de ce genre, si
j'en disposais, seroit pour celui qui donnerait à l'Europe
un livre qui lui manque; une histoire de la diplomatie
depuis *Charlemagne.* Ce qui serait sur-tout indispensable
à mes nouveaux diplomates, ce serait une morale pure
et élevée. La morale est le point d'appui du levier des
négociations : sans ce point d'appui, avec du talent, on
peut bouleverser la terre; on ne peut pas l'enlever, en
quelque sorte, pour la changer doucement de position.

(8) Ces détails sur le fameux passage du Rhin au dix-
septième siècle, se trouvent dans tous les Mémoires du

siècle de *Louis XIV*; mais il faut les chercher sur-tout dans les lettres de Mme de *Sevigné*; c'est-là qu'on les trouve dans toute leur vérité et leur naïveté.

(9) C'est dans les négociations de Munster et d'Osnabruk, qui mirent fin à la guerre de trente ans par le traité de Westphalie, qu'on trouve la preuve la plus frappante de ce que j'ai dit de tous les résultats des guerres d'Allemagne. Après les ravages d'une guerre de trente années, voyez ce que les puissances gagnent et ce qu'elles perdent !. . . .

FIN DES NOTES.

www.ingramcontent.com/pod-product-compliance
Lightning Source LLC
Chambersburg PA
CBHW071106260626
47162CB00006B/2226